COLLECTION FOLIO

Hervé Guibert

L'homme au chapeau rouge

Gallimard

Hervé Guibert est né en 1955. Il est mort à Paris en 1991.

Il est l'auteur d'une douzaine de livres parmi lesquels *La mort propagande*, *Des aveugles*, *Mes parents*, *L'image fantôme*, *À l'ami qui ne m'a pas sauvé la vie.*

À mes modèles.

J'étais parti pour Corfou rejoindre le peintre Yannis, j'avais les poches bourrées d'opium sous forme de gélules pour apaiser ma douleur, on m'avait ouvert la gorge et recousu sous anesthésie locale, gonflé d'adrénaline, parce qu'une anesthésie générale aurait posé des problèmes d'insuffisance respiratoire dans mon état, le chirurgien avait prélevé un morceau du petit ganglion qui avait poussé un mois et demi plus tôt sous la mâchoire gauche et qui s'était rapidement enkysté, pour le faire analyser, cinq médecins différents qui l'avaient palpé au cours de ce mois de surveillance avaient exigé cette biopsie, un seul ponte consulté au téléphone pensait qu'une ponction suffirait, mais une fois sur la table d'opération le chirurgien me dit qu'une ponction ne donnerait rien, parce que le ganglion était trop dur, et qu'il fallait carrément prélever, ce chirurgien que m'avait conseillé le docteur Nacier était terriblement brutal, il avait pincé mon ganglion entre le pouce et l'index pour évaluer sa consistance, en visant droit au but, et en fourrageant dans ma gorge avec ses doigts.

Il avait d'abord été question que j'accompagne le peintre Yannis à Madrid, où il devait se rendre pour procéder à la dénonciation et à la destruction d'un faux Yannis vendu par un faussaire ou par un receleur à l'une des plus fameuses galeries de Madrid, et découvert par lui par hasard. J'avais demandé à Yannis si ce faux était réussi, car le mot faux était très vite tombé entre nous au début de notre relation, Yannis gardait dans son atelier parisien un faux Pollock, et il m'avait proposé, alors que je ne lui réclamais rien, de faire faire pour moi une copie d'un des tableaux de lui que j'aimais bien, de sa série des « bibliothèques », par exemple, par un copieur iranien de génie de ses amis. Yannis avait répondu à ma question avec une grimace de dégoût en me disant que ce faux, cette fausse « bibliothèque » justement, était une horreur, et que même sa signature imitée était une vraie horreur. On butait sur le problème du faux dès qu'on commençait à s'intéresser à la peinture, à vouloir en acheter ou en revendre. Ma marchande arménienne de tableaux devait se rendre le 10 octobre à Londres, à une vente de peintures russes chez Christie's, elle m'avait montré sur le catalogue les reproductions de deux marines d'Aïvasovski, et m'avait dit qu'elle devait aller les voir pour vérifier, mais qu'elle était à peu près sûre qu'il s'agissait de faux. Je lui demandai quel était son intérêt à cette démarche, elle me répondit : « J'ai des amis marchands, mon devoir est de les dissuader d'acheter des faux si je suis sûre que ce le sont. » Je pensais que cette femme était folle. Son frère avait disparu à Moscou le 29 juillet 1989, plus d'un an plus tôt, on n'avait retrouvé aucune trace de lui, et cette femme, que je travaillais pour ainsi dire au corps tel un enquêteur caché en passant lui rendre visite comme incidemment certains matins, m'avait un jour confié qu'elle pensait que la disparition de son frère était liée à la dénonciation de faux tableaux, car son fou de frère, qui était devenu ce grand expert international de l'art russe, était du genre, épris de vérité jusqu'à la démence disait-elle, à se pointer à une vente de Sotheby's ou de Christie's, à Londres ou à New York, et à dire tout haut à tout le monde : « Ça c'est faux, n'achetez pas, ça c'est vrai, vous pouvez acheter. » La mafia du milieu d'art lui avait fait comprendre par divers avertissements que son intérêt personnel à dénoncer des faux était minime par rapport aux risques qu'il encourait. Je recopie un passage d'un article paru il y a moins d'une semaine dans *L'Aurore* du 13 octobre 1990 : « Le 29 juillet 1989, Vigo quitte l'hôtel Rossia, près de la place Rouge, où il est descendu comme lors de ses précédents voyages. Les déclarations varient quant à l'heure et aux circonstances de son départ. À 9 h 30, affirme un témoin qui dit l'avoir vu monter dans une voiture conduite par un chauffeur. À 11 heures, en compagnie de deux hommes, déclare la responsable de l'étage, qui note scrupuleusement les allées et venues. Vers 16 heures, avoue pour sa part la femme de chambre. Quoi qu'il en soit, Vigo ne rentrera pas à l'hôtel. Il a laissé dans sa chambre sa valise, ses papiers, ses effets personnels. » C'est mon amie arménienne qui m'avait signalé cet article au téléphone, parce que la gorge ouverte je ne pouvais plus passer la voir, « un tout petit article », avait-elle curieusement insisté, alors que je découvrais dans le journal une photo d'elle d'un quart de page. Elle l'ignorait, j'avais élu cette femme comme personnage de mon prochain livre, si j'arrivais à avoir le temps de l'écrire, tout comme j'avais élu cette jeune femme médecin personnage de mon précédent livre, dans un sentiment peut-être analogue. J'avais besoin d'héroïnes. Des personnages de femmes apparaissent pour de vrai dans mes livres, et au premier plan, mais tel est pris qui croyait prendre. Je ne pouvais pas imaginer que le faible que j'allais entretenir avec cette femme me mettrait à ce point en danger de mort, alors que j'étais déjà condamné. Le docteur Nacier avait refusé que j'accompagne le peintre Yannis à Madrid pour la dénonciation et la destruction de son faux tableau, j'avais horriblement mal à la gorge et les capsules d'opium et de belladone ne parvenaient pas au faîte de cette douleur sidérante. J'avais de la fièvre, je toussais, le docteur Nacier insistait pour que je renonce à ce voyage à Madrid avec le peintre Yannis. J'avais senti qu'il était un peu jaloux. Yannis était un ami du directeur du Prado, et il devait nous faire visiter le musée désert le lundi après-midi, jour de fermeture, en nous emmenant aussi dans les réserves. Yannis tenait à me montrer certains tableaux qui avaient inspiré les siens. Le docteur Nacier, ainsi que Claudette Dumouchel, par rapport à l'analyse de ce morceau de ganglion m'avaient préparé au pire, à savoir un lymphome, cancer généralisé du système lymphatique. On avait d'abord parlé de tuberculose, le docteur Nacier pensait que mes poumons étaient bourrés de ganglions, mais la radio n'avait rien donné. Une épidémie de tuberculose, liée à l'épidémie du sida, se propageait dans les hôpitaux où on le soignait. Alors le docteur Nacier avait appelé mon meilleur ami, Jules, qui me l'avait aussitôt répété, pour jeter ce mot de lymphome sur le tapis. Et Claudette Dumouchel, consultée une semaine avant l'intervention, m'avait dit : « Il y aurait une autre hypothèse que celle de la tuberculose, je penserais à un lymphome, je préfère vous prévenir que le traitement du lymphome est une chimiothérapie très lourde à supporter, et sans assurance de guérison, vous seriez soigné à Saint-Louis, mais il faut attendre les résultats. » Le temps de l'attente était exactement d'une semaine. Opéré le vendredi matin à la clinique G.S.H. par le docteur C., qui devait me livrer le résultat de la biopsie le samedi d'après, en me retirant les fils. Mais le docteur Nacier aurait peut-être le verdict plus tôt, dès le vendredi, peut-être même dès le jeudi, en téléphonant au laboratoire ou bien à l'assistante du chirurgien. Le docteur Nacier voulait à tout prix m'empêcher d'aller à Madrid avec Yannis. Mais j'étais tout de même parti, pour le rejoindre, à Corfou, sur la terre où il était né, dans son village de montagne. On ne m'avait fait aucun problème à la douane avec mon opium, parce que, procuré par le docteur Nacier, il était conditionné dans des gélules qui portaient le nom de Lamaline. Je pouvais me suicider avec tout ce que j'avais. J'avais aussi emporté dans mon bagage mes deux flacons de Digitaline. En vérité j'avais émis le dessein, sans en parler à personne, même pas à Jules qui m'en aurait dissuadé, d'aller me suicider, si l'hypothèse lymphome était confirmée, à Corfou, chez ce nouvel ami presque inconnu qu'était le peintre Yannis. Ce n'était pas un cadeau à lui faire, mais je comptais sur lui, car il était robuste comme un fils de paysan, et que justement nous ne nous connaissions pas trop bien. Je ne voulais pas infliger une mise en bière à Jules et à Berthe. Finalement, contre toute prévision, j'étais prêt à mourir et à être enterré n'importe où, dans une terre étrangère. Je n'avais pas seulement, pour ce voyage, mes capsules d'opium dans les poches, mais, dans la poche gauche, le marron d'Inde minuscule que m'avait donné Loulou, la petite fille, « ma » petite fille, comme porte-bonheur, et dans la poche droite une petite seringue, comme David en avait eu l'idée, pour me défendre si j'étais agressé. Depuis quelques semaines des inconnus sonnaient à l'interphone ou à l'une de mes deux portes, sous des prétextes divers, se faisant passer pour un voisin qui a un problème de prise électrique, ou pour quelqu'un qui s'est trompé de touche sur l'interphone mais qui a pourtant immédiatement déguerpi quand je suis descendu voir sa tête. Le soi-disant voisin, peut-être était-ce vraiment un voisin qui avait un problème de prise électrique, je ne lui ai pas ouvert. Il m'avait semblé un soir qu'on essayait de cisailler avec une scie électrique le blindage de ma porte de service. Une ombre avait disparu derrière le verre dépoli. Grâce au succès de mon livre je suis devenu d'un jour à l'autre un riche qui n'a pas bougé de son quartier de pauvres. Des bagnards tatoués m'ont livré un bureau qui coûtait 35 000 F, un tableau qui en coûtait 100 000, un autre qui en coûtait 50 000. Comme tous les riches je suis devenu un riche paranoïaque. J'ai l'impression de me tenir dans un coffre-fort tapissé de tableaux. On n'est pas dans les favelas de Rio, mais dehors la lutte pour la vie continue. Dans ma rue il y a la faim. Chaque nuit sous mes fenêtres une agression, si habituelle que personne ne se lève plus de son lit. Une fois j'ai entrouvert un rideau : j'ai vu une horde de jeunes déchaînés qui couraient avec des battes de base-ball après un type qui s'enfuyait, essayant de rattraper une voiture qui s'était engagée en marche arrière dans la rue à sens unique, se jetant la tête en avant dans la vitre arrière pour la briser et s'y engouffrer, tandis que la voiture folle poussait en marche arrière un malheureux van-car, pare-chocs contre pare-chocs, qui s'y était malencontreusement engagé. Le type blessé a réémergé de la vitre cassée avec sa batte à la main pour se défendre. Il y a des bandes de jeunes dans mon quartier, qui rentrent à cinq heures du matin avec leurs motos, la stéréo à plein tube. J'aimerais être avec eux sur une de leurs motos au lieu de roupiller dans mon lit, mais c'est trop tard. Ils me dérangent, comme ils dérangent tous les vieux du quartier. Le soir de mon opération, mon pansement au cou, caché sous mon chapeau rouge, j'attendais en bas de chez moi qu'Anna, prise dans des embouteillages, me conduise à la Coupole pour dîner avec David. Malgré mon abonnement des

Taxis G7, je n'en avais pas trouvé, j'avais appelé Anna à la rescousse. Une de ces bandes de jeunes féroces est passée devant moi, et j'ai entendu des choses du genre : « Est-ce qu'on lui enfonce son chapeau dans la tête à ce pédé ? » J'ai explosé, je leur ai dit : « Écoutez, on m'a ouvert la gorge ce matin, j'ai le sida et j'ai aussi une seringue dans ma poche, alors foutez-moi la paix ! » Le dîner à la Coupole avait été un enfer. Je rappelai la marchande arménienne pour lui dire qu'elle serait ma première sortie dès que j'irais mieux. Elle me dit que grâce à moi, depuis trois jours, elle avait de belles fleurs sur son bureau : celles qu'elle m'avait fait porter à l'adresse qu'elle tenait de mon chèque, et qui était une fausse adresse, les fleurs lui avaient été retournées.

J'ignorais encore à quel point cette femme pouvait être un danger pour moi. Elle m'avait vendu 80 000 F une petite marine nocturne d'Aïvasovski, signée en bas de la toile à gauche, signée au dos par le nom entier en arménien et datée 1895, cinq ans avant la mort du peintre, et elle m'avait fourni en même temps une facture ainsi qu'un certificat d'authenticité qui estimait le tableau à 100 000 F. J'avais payé avec ce chèque qui portait une adresse bidon. La secrétaire avait emballé le tableau dans du papier bulle avec le nu académique du jeune garçon estampillé Atelier Tharkoff. Juliette, cette secrétaire, paraissait parfois jalouse de mes visites à celle que j'aurais dit être sa maîtresse, Lena. Il fallait passer par elle pour atteindre Lena, qui ne quittait pas le bureau de son frère de toute la journée, comme son frère que j'avais fréquenté avant sa disparition ne le quittait pas non plus, entouré de tous ses albums de peinture russe qui tapissaient entièrement les murs de l'arrière-boutique, avec son fouillis sur le bureau qu'elle perpétuait elle-même, recevant les mêmes visiteurs dont moi à la place de son frère disparu, éconduisant les autres par l'intermédiaire de Juliette, boulottant des chocolats à la menthe et fumant des Dunhill light dans lesquelles je piochais sans demander dorénavant à chaque visite, se faisant préparer une salade à l'heure du déjeuner par Juliette, refaisant d'improbables comptes de ventes passées ou à venir, et lançant des prix incongrûment élevés aux clients qui voulaient acquérir un des tableaux de la réserve accumulés par son frère et entassés dans la cave où elle n'emmenait jamais un acheteur, remontant le soir chez elle par l'escalier intérieur, faisant brûler une bougie, et versant quelques larmes en fixant la flamme. Lena me disait : « Je suis devenue Vigo. » Je soupçonnais Juliette d'être amoureuse d'elle, folle amoureuse, dévouée jusqu'à la mort, elles étaient parties ensemble l'été à Los Angeles en emportant pour les vendre à des marchands américains deux autres petits Aïvasovski que j'avais voulu acquérir, mais qui étaient trop chers pour moi, 300 000 F la paire. De ces trois semaines passées avec Juliette à Los Angeles, Lena n'avait rien fait, me dit-elle à son retour, que regarder les innombrables chaînes absurdes de télévision américaine du matin au soir, et des nuits entières, pour se vider la tête après son voyage à Moscou. Elle s'était épuisée en requêtes auprès de la police soviétique, auprès du KGB, et auprès des dernières personnes qu'avait rencontrées Vigo avant de s'évanouir dans la nature, c'étaient des marchands de tableaux, des peintres, une directrice de musée, elle avait minutieusement reconstitué son emploi du temps des derniers jours, en vain, aucune piste ne se profilait. « On se cogne la tête contre un mur, m'avait-elle dit à son retour de Moscou, et on s'aperçoit que ça ne sert à rien, le mur ne bouge pas d'un poil, mais on s'est esquinté le crâne. » La dernière fois que je suis passé la voir, juste avant mon opération, Juliette m'a rembarré, avec un petit sourire. Elle m'a dit de repasser dans un quart d'heure, m'a conseillé de faire comme on dit une course dans le quartier. Exprès je ne suis pas repassé, et j'ai pensé avec satisfaction que Juliette avait dû se faire engueuler par Lena. La vérité est que Lena, je l'ai compris par la suite par recoupements, était alors interrogée par quatre policiers, qui l'ont finalement cuisinée pendant quatre heures. Quand je lui téléphone, nous savons l'un et l'autre sans jamais en avoir parlé que la ligne est sur écoute, et nous ajustons spontanément notre échange de paroles à cette menace d'être entendus, nous ne nous disons pas certaines choses que nous nous disons de vive voix, de part et d'autre de son bureau, dans l'arrière-boutique, alors que Juliette rôde à pas de loup pour les surprendre. Cette Juliette m'est sympathique : c'est une jeune femme un peu brusque, un peu masculine, mais jolie et fine, en jupe, alors que sa maîtresse est une belle jeune femme plantureuse, très féminine. À la fin de l'été, je suis repassé exprès devant la boutique, Juliette était sur le pas de la porte et causait avec un voisin. Nous nous sommes parlé, elle avait l'air gênée, elle m'a dit que Lena était toujours à Los Angeles, qu'elle rentrerait seule la semaine d'après. Je lui ai demandé des nouvelles du dos de sa maîtresse, parce qu'à son retour de Moscou elle était tellement fourbue que Juliette avait dû faire venir un chiropracteur, et je lui avais aussi recommandé le mien. Lena ne se déplaçait jamais pour un rendez-vous : son médecin venait l'examiner dans son arrière-boutique, et Juliette refermait la porte sur eux. Je pris soin de ne pas prononcer le nom d'Aïvasovski, ce jour-là devant Juliette, par tactique, mais je sentais la présence du tableau derrière les vitres, dans le magasin, alors qu'il n'y était plus. J'avais joué la comédie en le découvrant. En déchiffrant la signature en russe en bas à gauche de la petite marine lumineuse, toute dorée de son soleil levant, je savais parfaitement qui était Aïvasovski. J'avais depuis une dizaine d'années un album de ses peintures auxquelles je retournais souvent. Je l'avais découvert par hasard avec Jules, lors d'un de nos voyages dans les pays de l'Est, au début des années 80, à Budapest ou à Varsovie, en feuilletant ce livre dans la librairie d'un musée de peinture. J'avais fait mine d'ignorer que cette petite marine, même si elle était fausse, pouvait valoir autre chose que des clopinettes, égarée parmi toutes les horreurs fraîches suspendues à ces murs, qu'elle avait été peinte par un des maîtres de l'art russe du XIXe, un contemporain de Turner et Caspar Friedrich, ni inférieur ni supérieur à eux, mais il n'avait pas bien sûr leur cote puisque Lena vendait 300 000 F, en toute connaissance de cause, la paire de deux marines, dont une seule me plaisait, passionnément. Lena avait voulu me dissuader de tenter de l'acheter : « À vous je pourrais la céder à 130 000 F, presque un cadeau, mais ce serait une folie de l'acheter si vous n'êtes pas sûr de pouvoir la revendre 150 000 F. » Il commençait à y avoir un boom sur Aïvasovski. Il y avait ces certainement faux Aïvasovski, beaucoup trop charmants et rutilants, à la prochaine vente à Londres de chez Christie's. C'était peut-être à cause du marché des Aïvasovski que le frère de Lena avait disparu. Aïvasovski avait peint six mille tableaux dans sa vie, et il devait en exister autant de faux, faits au XIXe ou au XXe siècle par ses élèves, puis par des faussaires.

Avant de partir retrouver le peintre Yannis à Corfou, je lui avais téléphoné pour m'assurer que je pouvais bien débarquer chez lui comme il me l'avait gentiment proposé. Je lui ai demandé comment s'était passée la séance de dénonciation, dans la galerie madrilène, puis de destruction à la police du faux Yannis. Il m'a confié avec nervosité que ça avait été affreusement pénible. « Pourquoi ? » lui ai-je demandé. « Parce qu'on a affaire, bien sûr, répondit-il, à une mafia. »

J'avais attendu pendant sept jours le verdict du lymphome, assimilant cette idée immangeable, et me décidant pour le suicide si ce à quoi on m'avait préparé se confirmait. Je n'arrêtais pas d'appeler le docteur Nacier à son cabinet pour avoir le résultat. Le mercredi soir il ne l'avait pas obtenu. Le jeudi matin non plus. Le jeudi soir non plus. Sur mon bureau depuis deux jours se trouvait une enveloppe au nom de Claudette Dumouchel avec un petit souvenir puisque je la quittais pour un ponte, ou pour le suicide, un ex-voto sicilien que j'avais trouvé dix ans plus tôt à Palerme, un profil de garçon avec son cou, mon cou qu'on avait ouvert pour aller y chercher la preuve d'un lymphome. Vers 11 heures, le docteur Nacier me rappela pour me dire que l'assistante du chirurgien venait de lui lire au téléphone le compte rendu de la biopsie, et qu'on n'avait rien trouvé, ni lymphome ni tuberculose. Le docteur Nacier me dit qu'il était soulagé, et m'avoua qu'il tremblait au moment où il avait appelé l'assistante du chirurgien. Je n'irais plus à Corfou pour me suicider, pas cette fois, mais pour voir les nouveaux tableaux de corrida de Yannis, puisque je n'avais pas de lymphome, pas encore.

J'avais peut-être connu Vigo, le frère de Lena, en 1987, avant mon départ pour Rome. D'après Lena que j'ai interrogée à ce propos, l'exposition des peintres soviétiques des années 50 remonte à l'année 1988, un peu plus d'un an avant la disparition de Vigo. Je ne l'avais pas rencontrée, elle, Lena, alors qu'elle avait préparé cette exposition avec son frère, de retour de Los Angeles où elle venait de divorcer. J'avais fait la connaissance de Vigo à cause d'un tout petit portrait d'enfant peint par Zaborov, posé par terre dans la boutique devant un amoncellement de cadres retournés et d'objets en dépôt, d'argenterie, d'icônes, de porcelaines. Je passais dans la rue devant cette grande boutique curieuse toujours vide, où j'avais pris l'habitude de jeter un œil sans jamais y entrer, avec toutes ces horreurs accrochées aux murs et exposées dans la vitrine, comme des trompe-l'œil destinés à cacher les trésors que Vigo s'est révélé entasser dans ses caves. Le tout petit portrait d'enfant posé par terre et entraperçu derrière la vitre, brumeux, terreux, presque illisible, m'a arrêté. La plupart des tableaux que j'ai finalement achetés et dont la possession n'a plus cessé de me donner du plaisir, je les ai découverts de très loin, derrière des jeux de vitre, et dans un mouvement qui m'empêchait d'arrêter mon regard sur eux pour bien les comprendre, j'étais assis dans l'autobus, je regardais la rue par la vitre, et soudain j'apercevais dans l'arrière-fond obscur d'une librairie inconnue de la rue des Martyrs ce tableau du jeune Tartitius qui est devenu mon colocataire, mon *room mate* depuis 1987. Le tableau conquérait de plein fouet mon désir. Je le reconnaissais comme un objet familier, une possession de toujours. Il ne résisterait certainement pas au rapprochement du regard, et cette prémisse de déception me rassurait. J'y retournais voir, à pied, tranquillement. J'entrais dans la boutique, je m'approchais du tableau posé au fond sur une cheminée, le seul tableau dans ce magasin de livres rares, et il était tel que mon premier regard l'avait découvert et aimé dans son imagination, tel qu'en lui-même, identique à mon rêve du tableau, et souvent au mieux de lui-même, encore mieux que ce que j'avais redouté, au point qu'il me contraindrait à l'acquérir. C'était une fièvre très spéciale, Jules l'appelait par dérision la fièvre acheteuse. Le troqueur de belles éditions aurait tenu ce tableau d'une loge de concierge de la rue des Abbesses où il prenait le thé. Il était resté longtemps dans une cave, il était un peu abîmé, c'était peut-être un prix de Rome, mais il n'était pas signé, il faudrait rechercher dans les catalogues, il y avait aussi un Tartitius en marbre au musée d'Orsay, peut-être de la même promotion, un identique sujet de concours imposé. Ce tableau ne diffusait aucune once de lumière, il était gris-vert terreux, étouffé, jaunâtre et terne, aussi privé de lumière que *Les énervés de Jumièges* du musée de Rouen, mais là des hommes lapidaient un enfant. Le bibliophile prétendait qu'il avait racheté ce tableau 15 000 F à la concierge de la rue des Abbesses, il pouvait me montrer la facture, les marchands de tableaux mentent comme des arracheurs de dents, il y a toujours une facture à montrer qu'on ne retrouve plus dans une pile de vieux papiers, alors qu'il s'agit de tableaux souvent volés et revendus de la main à la main. Le marchand de la rue des Martyrs voulait 25 000 F de son Tartitius, pour s'assurer un bénéfice honnête. Je réussis à le faire baisser à 20 000, et retournai le discuter une semaine plus tard. Il faut avoir du temps pour chiner un tableau, au risque de se le faire chiper. Ou alors on a un tel coup de foudre qu'il faut l'emporter à tout prix sur-le-champ : les amants ligotés du marché d'Arezzo qui se jettent à la baille, le fusain des pieds de Vincent de la rue de Verneuil, je les avais dans la poche ou sous le bras cinq minutes après les avoir vus pour la première fois, et discutés en dépit du bon sens, sans aucune forme de dissimulation. Mais je me suis laissé faucher à Rome cette cordée de voyageurs intrépides, marchant la nuit sur des passerelles entre les rigoles de feu d'un volcan, avec leurs chapeaux, leurs longues-vues, tout leur matériel de lunatiques, une petite toile extrêmement rare que j'aimais tout autant que les amants suicidaires ou que les pieds de Vincent, et que j'ai perdue sottement pour mille ou deux mille francs d'écart. J'étais arrivé à faire baisser le Tartitius à 18 000. Quand j'y retournai pour l'emporter à 15 000, le marchand devint rouge comme une tomate et me pria de prendre la porte. Il y a un moment de la discussion où il ne faut plus tirer sur la corde. J'ai mis plusieurs antiquaires dans de grosses colères, ou des feintes de colère, car ils étaient encore plus roublards que moi. Le marchand me réclamait un chèque certifié, ma banquière s'étonna en me disant qu'on ne faisait ça que pour des achats bien plus importants, des voitures de luxe par exemple. Mais au début les marchands me prenaient pour un voyou. Il était clair que je n'avais pas le sou, que je n'étais qu'un pauvre maniaque qui avait la passion malsaine de discuter, et que je n'achèterais jamais. Voilà aussi pourquoi je pouvais parfois mener à bien une négociation : parce que le marchand ne pouvait pas me prendre pour un acheteur, mais pour un farfelu, obstiné sans but.

Comment ai-je eu l'idée de me faire passer pour un marchand (plus habile que de se faire passer pour un enrichi) ? C'est la marchande de la rue de Verneuil qui m'a tout à coup demandé, comme si un soupçon lui traversait la tête : « Mais vous êtes marchand vous-même ? » J'ai répondu oui. À cette seconde je suis devenu marchand de tableaux, et donc escroc.

« Je suis un art dealer américain. Je m'appelle

Keith, j'ai trente-cinq ans, je porte à chaque main un sac de plastique Bloomingdale dans lesquels se trouvaient dix millions de dollars en coupures de 50. Je viens de vendre à un mafioso de la drogue qui fait blanchir son argent une collection de petits maîtres français du XVIIIe siècle, dont une esquisse de Fragonard qui a l'air authentique. Mais je suis dans l'impossibilité de remettre ces tableaux à mon mafioso, maintenant qu'il m'a donné l'argent, vu que le courtier a vendu deux fois la même collection, d'abord à des gens relativement honnêtes, puis à moi avant de disparaître dans la nature. J'ai peur. Je ne peux pas restituer l'argent car j'en ai investi la plus grande part dans l'achat de cette collection fantomatique. Heureusement que j'ai de bons amis dans la mafia. Je vais essayer de leur faire remettre la main sur mon courtier. »

La marchande me traitait différemment, me regardait différemment, me parlait soudain de tout autre chose. Elle m'apprenait mon métier de marchand et d'escroc. Le Carolus-Duran de la Biennale des antiquaires, un lieu putride où le fric abîme les choses les plus belles et où les prix sont gonflés hors de toute raison, je l'ai archi-malignement discuté, parce que j'étais sûr de ne pas pouvoir l'acheter, il coûtait 200 000 F, trop cher pour moi, et ce détachement dans la discussion, cet apparent perdu d'avance, m'a permis, au bout de quinze jours de discussion, sur place et au téléphone, de l'emporter pour 100 000 F. J'avais d'abord réussi à le faire baisser à 160, un musée le voulait pour ce prix-là, mais les musées sont longs et compliqués dans leurs paiements. Je refusais de donner mon téléphone à cet antiquaire d'Aix-en-Provence criblé de dettes à cinq jours de la fermeture de la Biennale. Ne pouvant sans doute même pas payer son stand ou son téléphone, il avait un besoin pressant d'argent, je l'ai tout de suite senti, et je suis devenu immédiatement le plus fort. Il a baissé à 140, et j'ai dit que c'était encore trop pour moi, il m'a demandé de lui faire une offre, j'ai dit : « 100. » Il m'a dit : « Faites encore un effort, et on se met d'accord ce soir. » J'ai dit : « Non, réfléchissez à ma proposition, je vous rappellerai demain ou après-demain. » Il ne faut jamais dire : « Je ne bougerai plus. » Une négociation sans mouvement est déjà morte et perdue d'avance. Quand je suis revenu sur le stand après avoir laissé passer exprès vingt-quatre heures au risque de ne plus trouver le tableau, j'étais le grand homme trop maigre au chapeau rouge. Le fait que le marchand se montre si empressé de vendre son tableau m'avait donné des soupçons : peut-être était-ce un faux, ou un tableau volé pour lequel il ne pouvait pas me faire de facture ? Lena m'avait expliqué comment repérer les faux. Elle m'avait montré ce bouquet de lilas que les faussaires avaient eu l'astuce de ne même pas faire à la manière de, mais d'une tout autre manière, pour ne pas donner la puce à l'oreille. Elle m'avait montré cet autre tableau qu'on avait partiellement repeint afin que la fausse signature qu'on allait y apposer n'ait pas l'air rajoutée, mais bien incrustée dans la peinture fraîche. Je me penchai d'abord sur le tableau pour examiner la signature de Carolus-Duran, et les chiffres qui le dataient, 1885. Carolus-Duran était le peintre qui a fait construire l'atelier où j'ai vécu deux ans à la Villa Médicis, c'est aussi pour cette coïncidence que je voulais ce tableau, je me laisse aller au hasard comme à de bons signes. Un Carolus-Duran, Lena avait sorti pour moi son annuaire des ventes, avait été vendu pour 2 millions de francs aux États-Unis. Sa cote était en dents de scie. « Qu'est-ce que veut dire en dents de scie ? » me demanda Lena. Elle parlait un mélange de russe, de français et d'anglais. Lena avait aussi consulté son Bénézit, elle cherchait à Duran, il n'existait pas, nous le trouvâmes à Carolus. Il faudrait que je m'achète un jour le Bénézit en dix ou vingt volumes, et les annuaires des ventes, si je veux devenir un vrai marchand et un vrai escroc. L'antiquaire d'Aix-en-Provence, pressé de faire affaire, me redemandait de « faire un petit effort ». Je lui dis que je ne pouvais pas mettre plus de 100 000 F pour ce tableau. Il me dit : « Si je vous le laisse à 100 000, ma marge de bénéfice est quasiment nulle. » Je répliquai : « Moi aussi il faut que je m'assure une marge de bénéfice, je ne suis pas du tout sûr de pouvoir le revendre à 140, ni même à 120. — Comment cela, me demanda-t-il interloqué, vous êtes marchand ? — Bien sûr, lui dis-je, vous ne croyez tout de même pas que je vais acheter cette croûte pour moi. — Pourquoi ne l'avez-vous pas dit tout de suite ? Ça aurait simplifié les choses. — J'ai mes petites tactiques, lui répondis-je, je me fais passer pour un particulier, je dévoile mon jeu à la dernière seconde. » Il me dit : « En vous le laissant à 100 000, c'est comme si je faisais une passe, et vous, vous faites une bonne affaire. » Il voulait tout de suite appeler son transporteur, se débarrasser au plus vite de ce tableau qui finalement n'avait pas constitué une affaire trop fameuse. Par prudence je le ralentis, je dis : « Il faut que je passe un coup de fil à ma banquière pour avoir la liquidité de cette somme, vous permettez que je téléphone ? » L'antiquaire d'Aix-en-Provence s'éloigna hors de son stand. J'appelai les renseignements pour avoir le téléphone de Lena. Si elle me disait non, je n'achetais pas le tableau. Je lui dis que le marchand avait cédé, qu'il me laissait le tableau pour 100 000. Elle me demanda : « Quel format ? — 160 sur 140. Le cadre semble d'origine. — Je ne l'ai pas vu, mais j'ai confiance en votre goût, achetez, me dit Lena, c'est de toute façon un bon placement. » Je signe encore avec fièvre un chèque de 100 000 F, je n'ai pas trop l'habitude.

Les mois et les semaines qui ont précédé sa mort par le virus, m'a-t-on raconté, le romancier anglais Bruce Chatwin embarquait presque chaque jour, chez des antiquaires londoniens, un nouveau tableau qu'il ne pouvait pas payer, ni ne savait où accrocher dans son appartement, l'entassant par terre avec tous les autres. À sa mort, son épouse tenta de convaincre les marchands de leur restituer les tableaux.

Le paysage vide, pourtant minuscule, de la boutique du boulevard Raspail qui aujourd'hui n'existe plus, je l'ai repéré depuis l'autobus 68. Je me souviens de chaque autobus qui m'a permis de découvrir un tableau : également le 68 pour le portrait présumé de Vincent de la rue des Pyramides (encore une boutique qui n'existe plus : le métier d'antiquaire est précaire). Au lieu d'aller à Drouot ou dans les salles des ventes de banlieue et de province, ou sur les marchés aux puces, comme tout bon marchand qui se respecte, moi je prends l'autobus. Je ne vais pas à la recherche des coups de foudre, je ne les suscite pas, ils me cinglent l'œil de très loin, et je lutte contre mon rapprochement, imprudemment je laisse passer du temps entre les choses et leur désir.

Le portrait d'enfant vu comme au travers d'un voile de brume, je l'avais donc découvert de loin, depuis la rue, et j'étais entré dans la boutique. Je croyais qu'elle était vide. Je me suis accroupi pour examiner le petit tableau posé à terre. J'aurais pu le voler, personne ne me regardait. J'ai parfois failli voler des tableaux, parce que je ne pouvais pas les acheter soit par manque d'argent soit parce qu'ils étaient déjà vendus ou non vendables, par ce mouvement impérieux de quasi-folie qui me les faisait reconnaître comme étant miens. Il n'y avait qu'un geste à oser pour passer de cette reconnaissance au vol : saisir le tableau de la main droite et le coincer sous le bras gauche, caché par un des pans de la veste ou du manteau, comme je l'ai fait tant de fois avec des livres quand j'étais adolescent. C'est exactement ce qui m'est arrivé, il y a encore quelques mois, dans la boutique de l'encadreur Havard boulevard du Montparnasse : quand j'ai vu, posé sur un meuble, ce petit portrait de garçon au chapeau et aux yeux clos, un mouchoir quadrillé en boule près du visage, j'ai immédiatement reconnu quelque chose qui devait m'appartenir, et j'ai attendu que le client sorte de la boutique pour m'en emparer. Le vendeur aurait pu y rentrer à tout moment. Le tableau dépassait du pan de la veste, c'eût été l'hiver avec un manteau l'affaire était dans le sac. Je reposai le tableau, le cœur battant. Il fallait être malin, inventer une tactique judicieuse pour le rafler quand même, autrement, à la barbe de l'encadreur. Il y avait une étiquette avec un nom derrière le tableau, j'aurais dû le relever, et envoyer quelqu'un le prendre en se présentant sous ce nom, et en payant l'encadrement en liquide pour ne pas laisser de traces, mais c'était trop tard, je n'avais pas eu l'idée à temps, et l'encadreur revenait de son arrière-boutique avec un encadrement à moi. Il me fallait gagner du temps. Je lui dis qu'il pleuvait. « Ah bon ? dit-il, vous êtes sûr ? Quelques gouttes alors ? — Non, non, pas du tout, je crains bien un déluge, je ne voudrais pas mouiller le tableau, vous pourriez mieux me l'envelopper s'il vous plaît ? — Un peu de papier bulle alors ? — Comme vous voudrez. » Il fallait le faire ressortir de la boutique, et l'occuper. Désespérément je repris le tableau pour le réenfoncer sous mon bras, bien sûr il n'y tenait pas plus que tout à l'heure. Je le reposai pour la dernière fois, un couteau dans le cœur. Ma dernière chance était de faire sortir une seconde fois l'encadreur de la boutique, pour mettre simplement le tableau dans le grand sac de plastique qu'il avait remporté avec mon esquisse de main dans l'arrière-boutique, mais quoi inventer ?

J'aurais dû avoir la présence d'esprit de réclamer alors à l'encadreur une photo que je n'aurais jamais déposée chez lui, une photo de Cartier-Bresson, par exemple, pour que l'affolement causé chez lui par sa disparition masque momentanément la disparition de l'enfant au chapeau. Au lieu de cela, je me jetai bêtement à l'eau quand l'encadreur revint avec mon tableau sous papier bulle. Je lui dis, en désignant l'enfant endormi : « Il est charmant ce tableau, c'est quoi ? » L'encadreur n'en savait rien, mais il me narguait, il me dit : « Impossible à trouver maintenant, un tel tableau, un vrai petit bijou. » C'était cuit : j'avais exprimé ma concupiscence, si le tableau était volé elle me dénoncerait rétrospectivement. Je supputai ensuite qu'il porterait la même signature mystérieuse, peut-être anglaise, D. Stefensen, que mon portrait présumé de Vincent que je situais dans les années 20 (alors que Vincent est né à la fin des années 60). L'encadreur me dit : « C'est un client qui me l'a déposé aujourd'hui. » En rentrant chez moi, une idée me traversa la tête : peut-être le client était-il un antiquaire ? alors je pourrais acheter le tableau. Je téléphonai à l'encadreur, il me dit avec un agacement justifié : « Pas du tout, il s'agit d'un pharmacien de Vierzon, c'est sa femme qui lui a fait ce cadeau pour son anniversaire. »

L'autre petit portrait brumeux posé à terre était aussi un cadeau d'anniversaire. J'avais bien fait de ne pas tenter de le voler, car un grand barbu maigre avait surgi à la seconde précise de l'hésitation. De façon à la fois bourrue et fuyante, avec un fort accent des pays de l'Est, il me demandait ce que je voulais. Quel était le prix de ce tableau, et qui l'avait peint ? Il me dit d'attendre, et disparut. Quand il réapparut, il m'invita à le suivre dans l'arrière-boutique, dans le bureau tapissé de livres russes. Vigo y était assis. Je le voyais pour la première fois. Il n'était pas très aimable. Il donnait l'impression qu'on le dérangeait, que ce n'était pas le bon moment pour lui demander ça, et que ça ne le serait jamais. Je ne sais pas pourquoi, je lui dis d'emblée que j'étais écrivain, ça le rendit plus clément. Lui aussi écrivait ou avait écrit, me dit-il, autrefois malgré son âge relativement jeune, une quarantaine d'années. « Des poèmes », ajouta-t-il. Il dit que le petit tableau était un Zaborov, et que le peintre le lui avait déposé le matin même pour son anniversaire. C'était donc le jour de l'anniversaire de Vigo, et je pourrais maintenant situer précisément, en le demandant à sa sœur, la date de cette première rencontre avec Vigo, en 1987 ou 1988. Le tableau n'était donc pas à vendre. L'ami peintre le lui avait dédicacé au dos, en russe, pour son anniversaire. Le grand barbu blême et bafouillant s'était éclipsé. C'est Josef, il rôde toujours dans la boutique, même depuis la disparition de son maître, on peut dire qu'il a été un peu remplacé par Juliette qui, au début, m'a raconté Lena, travaillait dans une boutique du voisinage, et passait parfois boire un verre de vodka, après cinq heures de l'après-midi, avec Vigo, sa sœur, et Josef. Lena a perpétué cette tradition de la vodka après cinq heures de l'après-midi. Je n'ai jamais bu de la vodka avec Lena, je ne l'ai encore jamais vue soûle. Elle fait maintenant appel à Josef, qui est un peintre, et j'imagine injustement un mauvais peintre, quand Juliette ne remet plus la main dans les réserves sur un tableau que Lena veut montrer à un collectionneur, infailliblement Josef le dénichera sans même le voir, fût-ce en tâtant le cadre à travers le papier bulle, et en se souvenant de sa dimension. Vigo me sortit un catalogue de Zaborov. Je tombai en arrêt sur le tableau d'un enfant debout, avec un cierge, si ma mémoire est bonne, devant ou derrière le catafalque de son père. Vigo avait beaucoup de Zaborov dans ses réserves, il me les montrerait un jour, me dit-il, celui où je passerais au bon moment, mais il prévenait tout de suite que ce peintre, qui devait avoir une rétrospective au musée d'Art moderne, avait maintenant une cote très élevée. On aurait dit que ses tableaux étaient d'anciennes photographies fossilisées sous une brumisation de peinture, comme si la peinture n'était qu'une poussière, ou une toile d'araignée, qui figeait un souvenir de photo.

Après m'avoir annoncé le vendredi qu'il était soulagé, le docteur Nacier m'avait rappelé le samedi matin pour me dire que plus il y réfléchissait plus mon résultat lui semblait incompréhensible, fallacieux, et il passa chez moi vers sept heures du soir, alors qu'il avait promis d'être là à cinq heures, sans avoir rappelé pour prévenir de son retard, et dans un état d'agitation indescriptible. Il disait que le chirurgien, qui était devenu injoignable et se contentait de faire redire par son assistante qu' « il n'y avait rien », avait peut-être prélevé autre chose que le ganglion, peut-être une simple fibre musculaire, car le ganglion enkysté se trouvait sur le passage de nerfs et de vaisseaux extrêmement délicats, et qu'il était pour lui inexplicable qu'on n'ait rien trouvé dans cette soi-disant particule de ganglion, ni lymphome ni non plus tuberculose, et même pas le virus HIV. J'eus un vertige. Je dis au docteur Nacier que soit il était devenu fou, soit ce chirurgien était un fou furieux de ne pas lui avoir au moins fait part confraternellement d'un doute après l'opération s'il en avait eu le moindre, soit c'était moi qui étais devenu fou, et qui déraillais dans la perception de cette histoire qui, en tout cas, était bien une histoire de fous, il en convenait. Je le priai de m'accompagner de toute urgence chez Jules et Berthe. Je lui dis que je ferais un procès, non pas à lui, mais à ce chirurgien s'il avait loupé son coup, d'autant plus que je détenais la bande de l'opération.

Déjà couché sur le billard et recouvert du linceul vert, attendant qu'on m'injecte ce produit qui allait me faire tourner la tête, j'avais demandé au chirurgien s'il me permettait de filmer l'opération. « Comment ça ? Filmer l'opération ? Comment cela serait possible ? Avec quoi vous filmeriez l'opération ? — Avec une caméra. — Vous avez une caméra là ? — Oui, dans le vestiaire. — Et comment la tiendrez-vous tandis qu'on vous ouvre la gorge ? Vous êtes cinglé... — Il suffirait de la poser sur un meuble, où elle ne vous dérangerait pas dans vos manipulations, et de la déclencher en automatique. — Il n'en est pas question », dit alors le chirurgien. Je n'insistai pas. « Bon, faites comme vous voulez, avait-il ajouté, faites ce que vous voulez, je m'en fiche. » Je m'étais relevé, j'étais allé chercher dans le vestiaire la caméra camouflée au fond du sac FNAC, et je l'avais posée sur une console de métal à moins d'un mètre du billard, j'avais réglé mon cadre, puis je m'étais recouché, l'anesthésiste était venue me faire la piqûre. J'avais laissé défiler la cassette sans savoir ce que donnerait ce type d'image et de son, car depuis trois mois que je filmais je n'avais encore rien visionné, je m'en étais empêché, je n'avais même pas voulu vérifier dans l'image-témoin du viseur si elle était bien enregistrée. Je détenais déjà vingt-trois cassettes de quarante-cinq minutes, soit plus de dix heures de film, mais je savais qu'il était tout à fait possible que je n'aie rien enregistré du tout, que l'image soit blanche, ou le son, ou les deux.

En sortant de la salle de repos, après l'opération, j'insistai auprès du docteur Nacier pour qu'il m'emmène sur-le-champ à la Coupole manger des huîtres. Il disait que c'était de la folie, que nous devions aller chez moi et qu'il descendrait me faire des courses que nous partagerions, mais je ne renonçai pas à mon idée de manger des huîtres à la Coupole. J'en poussai la porte vitrée quand Nacier me rappela à l'ordre : « Je ne sais pas si tu te rends compte, dit-il, tu n'as pas dû te voir dans une glace, je dois tout de même te prévenir que tu fais une drôle d'impression avec ce gros pansement blanc sur le cou, et ta joue est encore toute jaune de l'antiseptique, tu tiens vraiment à entrer ? » Je répondis simplement oui, et sillonnai entre les tablées interloquées. Ce fut un jeune garçon que je n'avais encore jamais vu qui par hasard nous servit. Il m'observait à la dérobée avec des yeux innocents, ébahis et effrayés. Moi aussi je le regardai à la dérobée, j'avais envie de lui lécher le cul. Mais nous étions chacun pour l'autre déjà dans l'autre monde : séparés par une glace invisible qui est le passage de la vie à la mort, et qui sait de la mort à la vie.

En rentrant chez moi je fus pris d'une douleur violente dans les chairs tranchées de la gorge, au seuil de l'intolérable. J'avais cet opium que m'avait filé Nacier, je m'empêchai de le prendre. Ce n'était pas par masochisme, mais cette douleur me donnait une force extraordinaire, elle faisait de moi un colosse, un géant, non pas dans mon endurance à la supporter, mais parce qu'elle était devenue un instrument de connaissance de moi-même qui me grandissait dans chacune de mes pensées. J'avais envie de voir le film de l'opération. Je bricolai moi-même le branchement du caméscope Panasonic sur ma télé Sony, avec la prise Péritel, appuyai sur toutes les touches possibles de la télécommande, l'image vidéo ne voulait pas passer la porte. Zouc me téléphona sur ces entrefaites. Je lui expliquai mon intention. Elle me dit : « C'est l'histoire d'un mec très courageux qui se filme de sang-froid en train de se faire ouvrir la gorge. Mais il rentre chez lui, il se passe la bande, et il tombe dans les pommes. » Après avoir raccroché, je m'obstinai à vouloir obtenir l'image. D'un seul coup elle était là sur l'écran, bleue, métallique, à la fois chaude et glacée, irréelle, insensément belle. Je réalisai ce qui s'était passé, et que je n'avais pas saisi sur-le-champ, parce que la piqûre m'avait fait tourner la tête tout en laissant mes yeux ouverts, et ma gorge ouverte capable de paroles. Je me rendis compte qu'on m'avait attaché les bras alors que j'en étais resté inconscient. J'entendis les paroles que je n'avais pas perçues au moment où on les avait prononcées à quelques centimètres de mon oreille. Le chirurgien engueulait son assistante, il lui disait : « Mais vous voyez bien que c'est l'os, là, il faut quand même faire attention ! »

Mais l'image s'était censurée d'elle-même à cause de la violente douche de lumière sur le champ opératoire, qui transformait la zone saignante et la boucherie en une zone abstraite, incandescente, comme un torrent de lumière qui jetait des rayons au niveau du cou. Avec tout un système de caches improvisé par les blouses des infirmiers qui s'interposaient entre l'angle voyeur et ce qu'on avait envie de regarder ou de ne pas voir une fois pour toutes, l'opération dissimulée de surcroît par le chirurgien et son assistante qui ressemblaient maintenant à des Martiens cannibales penchés sur leur festin, l'image était devenue d'elle-même hitchcockienne, à mort. Je n'avais jamais vu une opération comme ça à la télévision, parce que, quand on montre une opération, on en montre généralement l'objet, on le centre et on s'en rapproche. Là, cette dissimulation, qui nettoyait automatiquement l'image de son afflux de sang, faisait encore plus peur. Quand j'arrêtai la bande, ma douleur avait redoublé, et je me mis à écrire quelque chose de tout à fait inattendu. Même pas sur l'opération ou sur la vidéo, même pas sur cette douleur qui me donnait des ailes, mais sur la peinture. J'écrivis un texte sur le peintre Yannis, avec qui j'aurais dû aller le surlendemain à Madrid visiter le Prado désert. Je l'écrivis toute la nuit, alors sous opium, me relevant de mon lit pour le compléter. Au matin, épuisé, je téléphonai à Yannis et le priai de passer de toute urgence. Je lui fis cadeau du texte et lui dis que je devais renoncer à ce voyage à Madrid. Le peintre partit en emportant mon texte, dont je n'avais pas le double. Alors je tombai bas comme jamais, et ne ressortis plus de chez moi dix jours durant, me faisant livrer des huîtres le soir, du champagne, et attendant le verdict du résultat, qui devait s'avérer si ambigu et vertigineux, entre le faux et le vrai, un peu comme ceux des tableaux que Lena m'apprit à examiner mon premier jour de ressortie.

Dans son fouillis Lena retrouva le catalogue de la vente d'art russe qui s'était tenue à Londres chez Christie's le 10 octobre, et où finalement elle ne s'était pas rendue pour en dénoncer les faux. Elle l'ouvrit à la page des Aïvasovski, faux selon elle pour au moins trois d'entre eux, et me montra du bout d'un stylo des zones de peinture qui lui semblaient douteuses à partir de la reproduction. Sur certains tableaux plus réussis, le doute était tel qu'elle demandait à voir l'original avec sa lampe infrarouge. Lena m'apprenait l'existence de la zone louche d'un tableau, par ailleurs apparemment authentique. Je lui demandai à brûle-pourpoint — c'est toujours ainsi que je lui ai posé ces questions que j'avais préparées d'une fois à l'autre, dans un crescendo patient qui violait discrètement son intimité, et que parfois je renonçai à poser au dernier moment : « À partir de combien de temps une personne disparue devient-elle légalement une personne décédée, pour sa succession et son héritage ? » Lena ne feignit pas de ne pas connaître la réponse, elle me dit aussitôt : « Sept ans pour la France, en Union soviétique je ne sais pas. » Il restait donc, pour Lena et pour la femme de Vigo, un peu plus de cinq ans à attendre pour prendre pleinement possession, et non par à-coups et comme en sous-main en en liquidant telle fraction à un marchand américain, de la fabuleuse collection amassée par Vigo durant vingt ans. J'emportai ce jour-là, le jeudi matin, la petite aquarelle de Solomko, payée 1 000 F de la main à la main, et pour la vente de laquelle Lena me dit en riant avoir reçu une boîte de chocolats du vendeur. Lena avait un rire assez magnifique. Elle était toujours habillée en mauve, en rose, c'étaient ses couleurs, des couleurs qu'en principe je n'aimais pas mais que je trouvais belles sur elle. Lena avait pour le mauve une préférence presque obsessionnelle, parce qu'elle se parait de toutes ses nuances, et pour le faux une obsession négative, mais excitante. Je ne fis pas emballer l'aquarelle de Solomko parce que Juliette n'était pas là, elle était introuvable selon Lena, et cela l'énervait. « Mais qu'est-ce qu'elle fiche encore ? » J'avais été chassé du bureau de Lena par un homme et une femme très distingués, peut-être collectionneurs, auxquels elle m'avait présenté. J'avais ma barbe d'homme des cavernes que je ne pouvais pas encore raser cause de ma cicatrice, mon grand manteau noir de demi-saison, et je remis mon chapeau en sortant de la boutique. Un flic faisait visiblement le planton sur le trottoir, un flic soviétique qui ne ressemblait pas du tout à un flic français mais à une caricature d'espion du KGB, comme on en voit dans les mauvais feuilletons : une armoire à glace en costume gris, un regard à la fois alerte et décérébré, et une cravate, insensément bigarrée, que je fixai pour m'en souvenir, au cas où je la retrouverais dans ma rue ou ailleurs, tandis que le flic, me voyant apparemment pour la première fois, détaillait mon chapeau rouge, ma barbe, mon grand manteau et s'attachait plus particulièrement à ce petit cadre retourné dans ma main qui avait l'air d'avoir été dérobé à la seconde. Je vis à un mouvement sur place de demi-tour piétiné qu'il hésitait à m'emboîter le pas, mais qu'il ne disposait pas de relais pour suivre sa garde, qu'il était contraint de me laisser filer. J'essayai d'arrêter un taxi, et continuai à pied sur le boulevard jusqu'à la station Montparnasse.

Lena m'avait dit : « J'espère cette fois que vous ne resterez pas aussi longtemps sans donner de vos nouvelles, vous me manquez. » Je retournai la voir dès le lendemain, le vendredi matin. C'est Juliette qui m'accueillit, elle aimait la barbe. Lena ne l'aimait pas. Elle devait me montrer un Burdjelian, *Portrait de Michel endormi 1954,* que j'avais renoncé à acheter deux ans plus tôt, lors de l'exposition des peintres soviétiques des années 50, par manque d'argent. Il n'avait pas été vendu, elle avait retrouvé une photocopie, ainsi qu'une photo d'un autre tableau d'un garçon endormi, *La chambrée,* de Gremitskikh, qui, lui, avait été vendu : l'acheteur, me raconta Lena, était passé en coup de vent prendre le tableau, il l'avait payé sans le discuter 38 000 F en liquide, une limousine avec un chauffeur l'attendait à la porte de la boutique. J'étais assis dans le bureau de Lena, nous fumions une de ses Dunhill, Juliette est remontée de la réserve, et j'ai eu le malheur de dire : « Juliette pourrait peut-être chercher dans la réserve si elle trouve mon tableau. » Mais c'est ce qu'elle venait précisément de tenter en vain, et elle était énervée, elle se mit hors de ma vue pour faire sans doute en direction de Lena un geste d'agacement à mon encontre, car Lena la remit aussitôt à sa place : « Pourquoi lèves-tu comme ça les bras en l'air, comme si tu étais exaspérée ? Redescends dans la réserve s'il te plaît, tu vas trouver ce tableau, tu as dû chercher au fond et pas la bonne dimension, c'est un tableau de cette taille-là à peu près, et il a un cadre retourné, comme ça, tu n'as qu'à faire comme Josef, tu le reconnaîtras en le palpant à travers le papier bulle. » Juliette revint avec le tableau, c'était un père qui avait peint son fils endormi dans sa chambre d'enfant, le dos tourné, écrasant de sa petite tête un énorme oreiller ficelé à la diable. J'en demandai le prix à Lena, me souvenant que son frère, deux ans plus tôt, en exigeait plus de 40 000 F. Lena rappela Juliette et la pria de rechercher le prix dans le catalogue. Le téléphone sonna, Lena décrocha, elle parlait, familièrement et en riant, ce mélange d'arménien, d'anglais et de français qu'elle m'avait dit user avec sa sœur de Los Angeles pour brouiller l'écoute téléphonique. Mais c'était la femme de Vigo, qui faisait des courses dans Paris, et lui avait trouvé des chaussures noires, elle hésitait, Lena lui répondit : « Est-ce que c'est un noir noir, un beau noir, comme tu sais que je les aime ? Alors achète ! » Je me relevai pour examiner le tableau de près, en faisant mine de ne pas écouter la conversation. J'avais déjà rencontré la femme de Vigo, elle était passée en coup de vent alors que je bavardais avec Lena dans l'arrière-boutique, Lena nous avait présentés, sa belle-sœur était une femme alerte, au premier abord sympathique, plutôt banale. Par contre la découverte de ses enfants m'avait beaucoup troublé, un autre jour. Je venais de demander à Lena ce que signifiait son nom en arménien, elle m'avait répondu que c'était le nom d'une rivière, et j'étais en train de lui demander ce que signifiait le prénom de son frère quand deux enfants étaient entrés en courant dans la boutique, et s'étaient jetés dans les bras de leur tante. Vigo avait inventé, pour ses enfants, d'étranges prénoms qui n'existaient dans aucune nomenclature : l'un s'appelait Vision en arménien, et la fille s'appelait Jolie. Le petit garçon m'avait regardé étrangement, avec un air figé d'étonnement et de reproche, parce que je me permettais de prononcer le nom de son père disparu. Je crus recevoir un mince jet de salive, de venin d'enfant en plein visage. Je retournai le tableau de Burdjelian pour montrer à Lena que je devenais un vrai professionnel qui savait lire l'état d'une toile à l'envers, son état et son authenticité. J'entendis Lena dire à voix plus basse à sa belle-sœur : « Et essaie de lui demander à combien on pourrait estimer l'appartement avec la boutique... » Juliette revint avec un petit papier sur lequel était écrit 55. Lena raccrocha, et me dit : « Le tableau ferait 55 000, je ne pourrais pas vous le laisser pour moins de 50. » Je dis à Lena que je croyais me souvenir que son frère était prêt à le laisser pour 40 deux ans plus tôt, et Lena en marchande peu banale évita d'invoquer l'inflation, comme je l'entendais souvent faire de n'importe quel antiquaire. Je ressortis de la boutique en remettant mon chapeau rouge. J'avais promis à Lena, devant Juliette qui venait de me dire à quel point elle trouvait que ça m'allait bien, de couper ma barbe avant ma prochaine visite. Je vis à son regard que Juliette avait commencé à me détester. Il n'y avait plus le planton soviétique devant la porte, ou il y en avait un nouveau dont je ne sus pas détecter la présence, et qui m'emboîta le pas.

Le samedi matin, le peintre P.F. m'apporta mon portrait qu'il avait fait en échange du texte qu'il m'avait demandé pour son catalogue. Il m'avait fait un cou bleu, l'endroit incisé qui continuait de cicatriser sous la barbe, alors qu'il n'avait pas retenu le rouge du chapeau. J'avais les yeux fermés et la tête en arrière comme sur le Polaroïd qu'il avait pris chez lui, et qu'il me restitua. J'avais demandé à P.F. de me dessiner, s'il le voulait bien, une petite tête de mort bleue sur la joue, comme si le Fantôme m'avait donné un bon coup de poing avec sa bague, puisqu'il avait peint des vanités, la tête de mort était de son ressort. À la place de cela il fit mon portrait, recto verso, comme on avait coutume de le faire au Moyen Âge, en cachant derrière ma tête, côté pile, une tête de mort, qui était comme la radiographie du côté face, imbibée dans le filigrane de ce papier épais très particulier. P.F. me dit qu'un grand marchand américain, de passage à Paris pour la FIAC, avait aimé ses dernières toiles, et les exposerait à New York. Il était content. Je lui demandai s'il connaissait le marchand allemand de Yannis, il me dit que c'était un nazi épouvantable, qui portait des culottes de golf et des bottes cirées. P.F. tint à ajouter une sale histoire à propos de Yannis mais qu'il me priait de garder secrète : selon lui Yannis dénonçait comme faux et faisait détruire ses toiles anciennes, qu'il savait pertinemment avoir peintes et vendues à bas prix dans des galeries, non seulement parce qu'il ne les aimait plus, mais parce qu'il se vengeait ainsi des spéculateurs qui, en liquidant ses œuvres dans des ventes publiques, risquaient de faire baisser sa cote.

Le dimanche soir, avec Jules et Anna, qui a apporté un poulet rôti que nous dégustons devant la télé, nous suivons par hasard une enquête, aux informations de A2, sur les avatars de la collection Schloss. L'homme qu'on nous montre sonner imperturbablement à des portes qui restent fermées, pour récupérer les tableaux que des nazis ont volés à ses grands-pères ou arrière-grands-pères, ressemble à un chasseur de têtes. Au journal télévisé on fait état d'un scandale parce que des toiles de la collection Schloss ont été repérées à la Biennale des antiquaires, où j'ai acheté mon Carolus-Duran. Une conservatrice de musée accuse des entreprises comme Christie's ou Sotheby's d'avoir été receleuses de tableaux volés par des nazis. La collection Schloss a atterri chez le chauffeur de Goering, qui l'a écoulée dans des ventes au fil des ans. Interviewé par la chaîne de télé, le chauffeur de Goering nie en bloc avoir jamais entendu même ce nom de Schloss. Nous nous demandons, avec Anna et Jules, si nous ne sommes pas en train de dîner devant un Carolus-Duran de la collection Schloss. Les antiquaires qui les ont revendus à la Biennale ont été perquisitionnés par la police. En partant, Anna me rappela à l'interphone pour me dire qu'elle laissait dans ma boîte aux lettres, comme je le lui avais demandé, le dernier catalogue de Julian Schnabel, le peintre le plus cher du monde, avant Twombly ou Yannis.

Le mardi 30 octobre, vers midi, Anna passa me chercher avec sa Dauphine bleue pour m'emmener à la FIAC. Dans le hall de l'immeuble je lui présentai ma gardienne. Cédric se cachait dans ses jupes. La gardienne a dit que Cédric devait aller le soir avec ses parents à la nocturne de la FIAC. Cédric est un petit garçon de huit ans qui habite mon immeuble, fils de libraires, il sait que je suis malade, me regarde avec de grands yeux éplorés et dans mon dos m'appelle Monsieur Guibert. Cédric prend des cours de dessin. Il veut devenir plus tard quelqu'un qui vit comme moi, la maladie en moins. Avec Anna nous avons vu un Hélion (200 000 F, Anna n'aime pas Hélion, moi si), une vitrine impeccable de Beuys (« l'objet le plus cher de toute la FIAC », me dit Anna), un petit Bonnard, un petit Vuillard, foule de Picasso, trois beaux Nicolas de Staël, un horrible Sandro Chia (que j'aime généralement), de ridicules Gilbert and George, des Twombly bluffeurs, des Anselm Kiefer grisâtres, trop de Cindy Sherman partout (que j'adore), de grotesques William Wegman (que j'ai adoré), les ravissantes petites boîtes de Joseph Cornell qu'Anna me fit découvrir, chez Yvon Lambert les grands tirages de Bernard Faucon (entre 10 et 20 000 F selon la numérotation) et deux vilaines petites croûtes de Yannis, comme des poulpes à la coque boursouflés sur le gril de la toile (Yannis se paie quand même parfois la tête du monde), une petite gouache de Magritte si miraculeuse qu'elle n'était peut-être pas de lui (un simple compotier en argent posé sur une table devant la nuit bleue, avec dedans la lune, un croissant couché, et la rainure jaune luminescente du cercle entier, quelques petites taches floues d'étoiles), un garçon blond vivant, avec une tache de vin qui partait comme une éclaboussure de dessous l'œil pour s'arrêter au bas de la joue, que j'ai retrouvé accroupi dans un stand en train de copier une peinture de femme nue et à qui j'aurais trouvé malséant, malgré mon envie indiscutable, de demander à baiser sa tache de vin comme cela m'aurait comblé, enfin, je dois en oublier, un Bacon que je n'avais jamais vu je crois même en reproduction, une esquisse pour un de ses papes, un tableau simple, lui aussi sublime d'évidence (45 millions : 4,5 milliards d'anciens francs). Je ne pus m'empêcher de penser que le plus grand collectionneur au monde de Bacon n'était autre que Sylvester Stallone, l'interprète éternel de *Rocky* 1, 2, 3, 4 et 5.

Je pourchasse Bacon depuis ce jour de janvier 1977 où mon premier livre, *La mort propagande*, venait de sortir de l'imprimerie, j'avais vingt et un ans, et ce jour avait coïncidé avec le vernissage de la nouvelle exposition de Bacon à la galerie Claude-Bernard, rue des Beaux-Arts. Il était la première personne à qui j'avais envie de dédicacer mon livre, et de le lui apporter, tout chaud. Bacon l'accueillit avec une bienveillance polie pleine de lassitude, un peu vitreuse. Quelques semaines ou quelques mois plus tard, un beau matin froid, je le croisai rue Saint-Antoine. Il était seul, moi aussi, je le laissai passer puis je le rattrapai pour l'aborder. Il me demanda mon numéro de téléphone, n'appela jamais. Le photographe Cartier-Bresson, qui avait fait son portrait et avait voulu lui envoyer son album, me dit qu'il lui avait été retourné malgré la bonne adresse : Bacon renvoyait systématiquement une grande partie de son courrier sans l'ouvrir. On apprit qu'il avait quitté Paris pour retourner à Londres. Le philosophe Gilles Deleuze, qui venait d'écrire un essai sur lui, me dit que le rêve de Bacon, désormais (le philosophe avait rencontré le peintre qui le lui avait avoué), était de réussir à peindre la chose la plus difficile au monde, à savoir un simple jet d'eau. Les rares photos de Bacon étaient toujours hallucinantes : son dernier portrait par Avedon avec son œil fixe d'aveugle dissimulé, le portrait de Brandt sur une lande sauvage, et son atelier-poubelle photographié par Namuth en 84. Un soir, au Flore, je tombai par hasard sur lui. Il était avec un ami. Je ressortis immédiatement du café pour aller acheter à La Hune, à côté, mon dernier livre, *Les chiens*, un court texte pornographique qui lui était viscéralement dédié. Il accepta avec cette politesse un peu exténuée, un regard sans souvenir. Des années plus tard encore, Gustave me raconta que le compositeur allemand Hans Werner Henze avait passé une soirée à Londres avec Bacon et son majordome, Fausto. À la fin de la soirée, Bacon glissait discrètement à Fausto un bon pour une œuvre de Bacon à retirer à la Marlborough Gallery. « Une peinture ? » demandai-je extasié à Gustave. « Non, une litho », me répondit Gustave. Tous ces peintres sont bien les mêmes : c'est vrai qu'il est difficile de faire un cadeau de 45 millions. La semaine dernière, j'ai posté à Bacon mon dernier livre avec un mot, j'ai juste écrit sur l'enveloppe : *Francis Bacon. The Painter. London.* Me répondra-t-il ou me retournera-t-il mon paquet ? Ou bien rien ? J'ai eu des nouvelles de Bacon hier soir, par Bernard, qui les tenait de Pierre, qui l'avait rencontré à Londres. Dans un pub, avec l'un de ces cochers qui l'enculaient, comme il l'a raconté, quand il était petit garçon ; vieux et imbibé de whisky au point de ne pouvoir pratiquement plus tenir debout. Mais il avait peint son jet d'eau.

Ce matin j'ai voulu aller voir Lena. La boutique était fermée, le rideau de fer baissé et derrière la seconde vitrine j'ai aperçu que la porte de l'arrière-boutique était tirée, avec une faible lueur dans le fond. Peut-être Lena a-t-elle des ennuis. J'ai dit au taxi de continuer vers la rue Mazarine, où j'avais commandé des catalogues sur la peinture danoise du XIXe, en particulier pour Wilhelm Bendz. Dans le taxi j'ai eu un malaise, j'ai cru que j'allais gerber, ou tomber dans les pommes, j'ai baissé la vitre pour avoir de l'air frais, et j'ai demandé au chauffeur de me ramener là d'où nous étions partis. En rentrant chez moi, malgré mon écœurement, j'ai appelé Yannis à Corfou. Il était midi, il venait de se lever et s'apprêtait à partir pour l'atelier. Il m'a dit qu'il avait tenté de me joindre à deux reprises, et a ajouté que ça continuait avec cette histoire de faux, qu'on en avait finalement retrouvé trente, et qu'il avait rencontré le faussaire, que le faussaire l'avait d'abord appelé au téléphone en pleurant, puis qu'il s'était pointé chez lui avec son homme d'affaires, un mafioso, pour le menacer. « Je ne peux pas t'en parler au téléphone, me dit Yannis, mais je te raconterai quand on se reverra, c'est tout un roman. »

Le marron d'Inde minuscule de la petite fille, de « ma » petite fille, dans la poche gauche de ma veste, la seringue pour me défendre en cas d'agression dans la poche droite, et les poches de mon jean bourrées d'opium en gélules, le flacon de Digitaline dissimulé au fond de mon sac à dos noir, je partis seul rejoindre le peintre Yannis à Corfou. J'avais revu le professeur Stifer. Il avait rappelé le chirurgien falsificateur et demandé au laboratoire une deuxième lecture de la lame de mon prélèvement. Je m'étais rasé la veille, la cicatrice était apparue, là où boivent les vampires. Yannis m'avait dit au téléphone qu'il viendrait me chercher à l'aéroport de Corfou à 8 h 45 le samedi 10 novembre par le seul vol direct, et qu'il valait mieux arriver de jour, pour la lumière. *Mehr licht.*

6 novembre. Suis repassé voir Lena, j'avais un mal au cœur effroyable, je m'apprêtais à dire au taxi : « C'est la boutique verte, là, si elle est fermée on continue, on ira alors boulevard de Vaugirard, à Air France. » Je voulais retirer mon billet pour Corfou. Mais le rideau de fer de la boutique était levé, et la porte d'entrée comme d'habitude légèrement entrouverte, je retirai mon chapeau rouge après l'avoir poussée, Juliette n'était pas devant son Apple, elle apparut, elle me dit que Lena était au téléphone, qu'elle en avait pour cinq minutes, elle me demanda si j'avais le temps d'attendre, me proposa de m'asseoir, elle trouvait que j'avais une mine plus claire que la dernière fois, je m'étais rasé,

ça plairait à Lena, de nouveaux tableaux étaient sur les murs, des portraits de femmes des années 50, et une série d'autoportraits de Josef, Juliette dit qu'elle allait mettre un mot à Lena pour la prévenir de mon arrivée, la porte du bureau était tirée, Juliette revint en disant : « Message reçu. Elle téléphone à Moscou je pense, elle parle en russe en tout cas. » Je m'assis, face à la vitrine, je voyais les gens défiler dans la rue. C'était un beau et frais matin d'hiver. Il y a une cabine téléphonique juste devant la boutique, je pensai : ceux qui attendent pour téléphoner ou qui font semblant peuvent aussi surveiller ce qui se passe à l'intérieur. Je dis à Juliette que j'avais essayé de venir à deux reprises la semaine passée, mais que la boutique était fermée, j'avais pensé à cause de la Toussaint. Juliette me dit : « Quand vous voyez de la lumière, c'est qu'on est là. Vous devez frapper. On réaménageait le bureau de Lena. » Je demandai à Juliette si la date de la prochaine vente publique était arrêtée, elle répondit : « Lena a tout annulé. Elle était très, très fatiguée nerveusement la semaine dernière. » Lena apparut à cet instant où Juliette parlait plus bas à son propos, radieuse, tout en rose fuchsia, le rouge à lèvres assorti, rutilante de bijoux, de bracelets d'or, des diamants aux oreilles. Comme d'habitude elle m'invita à la suivre dans son bureau, Juliette nous apporta en l'ouvrant pour le préparer le paquet de Dunhill que nous allions fumer en bavardant. J'avais tout de suite remarqué à quel point la bibliothèque était métamorphosée : dépoussiérée, rangée, sans ses amoncellements de fatras dans chaque recoin. Le bureau de Vigo était enfin devenu le bureau de Lena, et elle y était lumineuse. Elle avait attendu soixante-sept semaines, depuis le jour de la disparition de son frère, pour toucher quoi que ce soit de son bureau, et se l'approprier. Je m'exclamai : « On dirait même que ça a été repeint ! — Mais ça a été repeint ! » protesta-t-elle en éclatant de rire. En entrant dans le bureau, j'avais immédiatement détecté au premier coup d'œil, malgré l'accrochage de nombreux tableaux nouveaux, la présence de deux Aïvasovski qu'elle ne m'avait jamais montrés : une grande marine translucide, dorée des rayons du matin, qui me sembla tout de suite douteuse, et un tout petit tableau disposé dans le dos de Lena sur son autel de miniatures, une petite marine terne presque vide, et sans aucune indication de lumière, la seconde absolument grise entre le coucher du soleil et l'apparition de la lune un jour de crachin. Je dis à Lena en désignant le grand tableau : « Il est faux, n'est-ce pas ? »

Elle me foudroya du regard. L'élève dépassait-il son professeur ? Elle répondit : « Non, pas faux du tout, j'en mettrais ma main au feu, mais c'est un Aïvasovski de la période heureuse, avant les ouragans, les naufrages, les crépuscules. » Plus je l'examinais, plus toute une partie du tableau, comme elle me l'avait appris, ne pouvait pas à mes yeux avoir été peinte par Aïvasovski, révélant trop d'imprécision et de faiblesse dans la peinture. Je demandai à voir le tout petit tableau, il était peint sur carton, et seulement signé en bas à gauche par un A incliné comme une équerre abandonnée sur la plage, identique à la signature de celui posé sur mon bureau en face de moi, que je peux voir à tout moment en relevant mon nez de cette feuille sur laquelle j'écris. « C'est peut-être un de ces tableaux qu'il envoyait à des amis pour des anniversaires ou des vœux, me dit Lena. Il prenait une très longue bande de carton, il faisait le fond à la suite, ensuite il rajoutait, toc, un petit navire, et il découpait à la taille de ses enveloppes. Ça je suis sûre que c'est un vrai, parce que c'est une vieille famille qui l'a vendu à Vigo sans savoir que c'était un Aïvasovski. Mais il est moins mythique que le vôtre. » Je demandai à Lena s'il y avait de bonnes galeries ou de bons marchands d'art du XIXe siècle à Moscou. « Non, aucun, répondit-elle, parce que la notion de galerie est toute récente, avant elle n'existait pas, on parlait de coopératives d'artistes, et il n'y a pas de marchands parce qu'il n'y a rien à vendre, tout est chez des collectionneurs qui ne veulent pas vendre, ils n'ont pas besoin d'argent et ils savent exactement le prix de telle ou telle chose, ils détiennent tous les catalogues de chez Sotheby's ou Christie's, et pourquoi vendraient-ils ? L'argent ne vaut rien à côté de leurs tableaux. » Je demandai encore à Lena si elle comptait retourner à Moscou. « Oui, dit-elle, il faut que j'y retourne, pour essayer de remettre la main sur les tableaux de Vigo qui ont disparu en même temps que lui, ou qui restent bloqués à la douane, mais je n'irai pas avant la mi-décembre. Il y a cent cinquante tableaux bloqués à la douane, qui sont la propriété de Vigo, il les a achetés, j'en ai la liste précise avec les factures, quatre-vingts tableaux des années 50 et soixante-dix œuvres d'artistes contemporains, mais quand je les réclame on me dit : " Vous n'êtes pas Vigo, vous représentez sa galerie, c'est tout. " La prochaine fois je leur apporterai les papiers qui prouvent que Vigo et sa galerie, juridiquement, c'est la même propriété. Les autres tableaux on ne sait pas où ils sont, disparus sans laisser de trace eux aussi. » Je demandai à Lena si elle emmènerait Juliette à Moscou, la question n'était pas innocente. Elle répondit : « Non, j'y vais toute seule, tout le monde me dit que je suis folle mais tant pis. De toute façon je serai suivie dès la première seconde de mon arrivée à l'aéroport, et ça me rassure, ça me protège. J'ai prévenu pour ça toutes les autorités que j'allais revenir. La dernière fois j'étais suivie en permanence par une limousine noire, deux hommes à l'avant. Un matin je sors de l'hôtel Rossia, où Vigo a été vu pour la dernière fois, la limousine noire était là, j'avais une course à faire, et pas de taxi en vue, je suis allée frapper aux vitres de la limousine, le chauffeur a fait semblant de ne pas comprendre, pour une fois il était seul, je lui ai dit : “ Dans la mesure où nous empruntons exactement les mêmes trajets et que pour une mystérieuse raison vous allez dans les mêmes endroits que ceux où je vais, vous pourriez peut-être m'y emmener, l'essence est rare en Union soviétique, nous ferions comme ça des économies d'énergie. ” Le chauffeur remonta sa vitre après m'avoir dit : “ Je comprends, mais ce n'est pas possible, excusez-moi. ” » Je dis alors à Lena sans la regarder pour la laisser libre dans son regard à elle d'y opposer des points de suspension, ou un butoir, pour l'en empêcher aussi par la même occasion puisqu'elle voyait que je ne saisissais pas son regard et que le mien restait dans le vague : « J'aimerais bien aller à Moscou un jour, je n'y suis encore jamais allé. » Aucun refus ne me fut objecté. Lena me répondit juste : « Il y a cette chose que je voulais vous dire, vous allez peut-être me prendre pour une folle... »

J'avais demandé à Yannis comment faire si pour une raison ou pour une autre il n'était pas à l'aéroport de Corfou, le 10 à 8 h 45, et lui proposai de prendre un taxi. Cinquante kilomètres, me dit-il, séparaient l'aéroport de sa maison, sise dans une commune appelée Hagios Pétros. Deux kilomètres environ avant d'arriver à la mer, dans un virage sur la gauche, je ne pouvais pas louper une grille avec des poireaux en fer, c'était sa maison, tout le monde la connaissait dans le coin. Je pensai alors qu'un faux Yannis et son homme d'affaires mafioso, qui avaient peut-être mis sa ligne sur écoute et suivaient notre conversation, seraient là de toute façon à l'aéroport de Corfou pour m'enlever et rançonner le vrai. Je continuai, comme en voulant accompagner Lena à Moscou, à chercher des postures de récit dangereuses pour moi, comme le peintre broie l'ocre et le colotar, malaxe inlassablement du rouge sang ou du bleu grec, ou piétine sa toile au lieu de l'affronter. Jules m'avait rendu la mallette Rembrandt avec laquelle j'avais essayé de peindre l'été 1983, sur l'île d'Elbe : je n'avais été fichu que de mettre quelques couleurs sur la palette, la main suspendue au-dessus d'une carte postale du *Gilles* de Watteau que je voulais copier. Ma main était restée en l'air quelques instants, de souffrance pure, d'arrachement hors de moi, et puis était retombée, vaincue, empêchée, impuissante, sans avoir commis le geste sacrilège.

Pour m'apaiser j'avais photographié la palette où déjà les couleurs séchaient. Je les ai retrouvées, maigres, effacées, poudreuses, à peine identifiables, en rouvrant cette mallette au bout de plusieurs années, y dénichant en même temps, coincé sous la palette, le petit carton entoilé d'un fusain pornographique que Jules avait copié à partir d'une des revues de Gustave, et qu'il n'avait jamais colorié, oubliant son existence et livrant la palette à ses enfants pour qu'ils s'amusent avec. Jules m'incite chaque fois à repeindre, et chaque fois ma main retombe.

« ... Êtes-vous croyant ? » poursuivit Lena. Je venais de lui raconter cette histoire des moines du Temple de la Mousse, à Kyoto, qui toute leur vie ne font que prier pour les vœux qu'ont déposés chez eux depuis des siècles des inconnus comme moi. Je dis à Lena : « Non, pas du tout. Mais je crois à la croyance des autres, de ceux que j'aime et que j'estime, les prières chrétiennes de ma grand-tante Louise, votre croyance à vous, Lena, éventuellement. — Moi non plus je ne suis pas croyante, me dit Lena, mais ce n'est pas possible que le monde ne soit que ce qu'il semble être, ce cahier, cette rue, ce bureau, ce serait ennuyeux à périr, il y a forcément autre chose, des règles, des lois cachées, des systèmes souterrains ou célestes, sinon cette vie n'aurait aucun intérêt. » Comment Lena en est-elle venue à me parler de cette Arménienne libanaise de Los Angeles qui, contre cent dollars, on la lui avait recommandée, déchiffrait les photos qu'on lui confiait, et, contre trois mille dollars, tentait de guérir leurs modèles ? « Pourquoi ne me confieriez-vous pas une photo de vous que j'enverrais à Los Angeles ? Vous n'avez plus rien à perdre... — Une photo récente ? demandai-je. Ça fait trois ans que je ne me laisse plus prendre en photo... — Je vais peut-être vous dire quelque chose qui va vous choquer, ou que vous allez refuser, mais j'ai l'impression que c'est comme si... comme si vous aimiez ce virus qui est en vous... — Certainement, j'ai bien été forcé de l'aimer, sinon ma vie serait devenue invivable, il a été inévitablement une expérience fondamentale, cruciale, mais maintenant j'en ai fait le tour, et je n'en peux plus, après ce chemin vers la sagesse pour la première fois c'est la révolte qui pointe. Je ne peux plus entendre parler de sida. Je hais le sida. Je ne veux plus l'avoir, il a fait son temps en moi. — C'est déjà formidable que vous en arriviez là, et c'est exactement ça : maintenant il faut vous débarrasser de ce virus, il faut que vous le fassiez sortir hors de vous... Cette femme à Los Angeles pourrait peut-être vous y aider. Vous savez, je l'ai consultée à propos de mon frère, je ne l'avais jamais rencontrée, on m'avait parlé d'elle, et je lui ai fait porter par un intermédiaire cette photo de Vigo parue dans *L'Aurore.* En la voyant, cette femme aurait tout de suite dit : “ Le pauvre. Il est très faible. Il est prisonnier. Il ne peut pas s'échapper. Mais il n'est pas mort, il est vivant. ” Je suis allée la voir à Los Angeles, elle réclamait ces trois mille dollars pour essayer de retrouver sa trace, ça me gênait, et je n'avais pas cet argent. J'étais sur le point d'abandonner, mais notre sœur m'a dit : “ Tu as déjà tellement dépensé d'argent avec des détectives pour retrouver Vigo, pourquoi ne pourrais-tu pas rajouter trois mille dollars ? ” Je suis allée trouver mon mari, mon ex-mari, je lui ai dit : “ Passe-moi trois mille dollars, je te les rendrai. Je vendrai un tableau pour te les rendre. ” Je suis retournée chez cette femme avec cet argent. Elle hésitait à le prendre. Une femme de quarante-cinq ans, banale. Sa fille ne voulait pas qu'elle prenne l'argent, elle disait : “ Quand Maman fait un voyage, elle en tombe tellement malade qu'il faut l'hospitaliser, ça coûtera toujours plus cher que vos trois mille dollars, reprenez-les. ” Je suis restée seule avec la femme. Elle m'a dit : “ Vous cachez quelque chose. ” Je lui dis : “ Quoi ? — Vous cachez que vous avez un don. Un don pour voir. ” Elle prit un récipient d'eau, me le tendit et me demanda : “ Vous voyez quelque chose là-dedans ? ” J'étais énervée, je lui ai répondu : “ Oui, bien sûr, je vois ces horribles fleurs en transparence. ” Elle retira les fleurs, il n’y avait plus rien à voir dans l’eau. “ Et maintenant, que voyez-vous ? me demanda-t-elle, concentrez-vous. ” Je lui dis : “ Je vois quelque chose d’obscur, d’enfermé, comme une grotte... ” Je lui mentais pour l’éprouver, je n’avais rien vu dans l’eau que l’eau. “ Regardez mieux, continuait-elle, ce n’est pas une grotte, c’est autre chose, vous allez voir... ” Je fixai l’eau de nouveau, j’avais la tête qui tournait, et j’ai vu un bateau, l’arrière d’un bateau, son ventre, comme une cale, je voyais le sol de cette soute, ses angles, mais je ne parvenais pas à voir plus haut... La femme a allumé trois bougies, et m’a demandé de faire avec elle des prières. Nous avons prié en arménien. Je n’avais pas dit ces prières depuis si longtemps, mais je les connaissais par cœur depuis l’enfance. Elle se mit à découper douze petits morceaux de papier sur lesquels elle inscrivit quelque chose d’illisible. Elle en prit trois et les enflamma au-dessus de la bougie. “ Le feu, dit-elle. Pour la terre, j’en enterrerai trois autres. Pour l’eau, j’irai en noyer trois dans l’océan. Et les trois derniers, pour l’air, eh bien... ” et elle éclata de rire. Je vis alors un homme dans l’eau, mais ce n’était pas mon frère, c’était un homme qui portait une bure de moine, dans la cale de ce bateau. Je l’ai vraiment vu, et je ne l’ai pas décrit à la femme, mais elle s’est mise à l’invectiver, elle lui a dit : “ Alors maintenant tu te déguises en moine ! ” Je crois qu’elle parlait au diable. »

Yannis n’était pas au rendez-vous à l’aéroport. Il n’avait pas appelé dans la nuit pour se décommander, j’avais laissé le téléphone branché. Je m’étais levé à quatre heures du matin pour prendre cet unique vol direct en hiver, à sept heures. L’avion avait atterri dans une plaine de moulins à vent sans ailes et sans hélices, dont il ne restait plus que l’ossature déglinguée, figée jusqu’à leur destruction, des squelettes de pigeons préhistoriques. Corfou, neuf heures trente du matin, il faisait gris et froid. Je n’attendis pas Yannis, pensant : il ne faut jamais attendre. J’hésitai à téléphoner, ils devaient encore dormir dans la maison, c’est pour ça que Yannis n’était pas là. Je montai dans un taxi et baragouinai stupidement de l’italien au vieux chauffeur placide, alors qu’il eût sans doute compris mon français. Je tentai de me rappeler les explications de Yannis : la route pour Hagios Pétros, jusqu’à la mer, et sur la gauche, deux kilomètres avant d’arriver au village, ce colombier de ciment en forme d’obélisque qui servait pendant la guerre au repérage des avions. Quand je l’aperçus, je criai au chauffeur de s’arrêter. Nous étions dans un virage, il fallait faire marche arrière. Je sonnai à l'interphone, je reconnus la voix de Gertrud, que je n'avais jamais rencontrée, mais avec qui j'avais parlé plusieurs fois au téléphone, à Paris et à Corfou. La veille, à Paris, j'avais rôdé aux alentours de la boutique de Lena, avec dans la poche le Polaroïd que le peintre P.F. avait pris de moi avec mon chapeau rouge pour en faire mon portrait, mais finalement je renonçai à lui confier la photo pour qu'elle l'envoie à Los Angeles, et même à revoir Lena ce jour-là. La fois précédente, lors de notre intense discussion, j'avais soudain senti comme une pâleur monter en moi, et j'avais fait le geste devant Lena de quelqu'un qui a le front perlé de sueur froide, et qui l'essuie d'une traînée de l'index. Gertrud me reçut en peignoir blanc, une tasse de café à la main. Elle était belle. Pas du tout ce mélange d'hôtesse de l'air néerlandaise et de mannequin anglais que m'avait décrit Anna, cette misogyne. Un chien noir était à côté de Gertrud, entre ses jambes nues. Je lui demandai si Yannis dormait encore. Elle me répondit avec gêne : « Non, il ne dort pas, il n'est pas là, nous l'attendons depuis deux jours. » Je m'enquis de savoir s'il lui avait téléphoné. « Non, me répondit-elle avec une gêne encore plus grande. De toute façon, même s'il essayait d'appeler, ce qui m'étonnerait fort, il aurait du mal car nous sommes ici dans ce qu'on appelle un “ triangle d'ombre ”. Les communications téléphoniques, les fax, les télex passent très difficilement entre ces deux immenses montagnes. » Jusqu'à la veille de mon départ j'avais dit à mes amis : « Je ne suis pas sûr de partir, Yannis est du genre à m'appeler à deux heures du matin pour me dire : " Je suis coincé à Istanbul, pourrions-nous remettre cette rencontre à la semaine prochaine ? " » Je l'imaginais écroulé dans une chambre du Pera Palace, ayant ingurgité un trop gros morceau d'opium, et dormant sans discontinuer depuis quarante-huit heures. Gertrud me montra ma chambre : elle était glacée et lugubre. On était en train d'essayer de brancher une nouvelle ligne dans une direction différente. Le marteau piqueur était devant ma fenêtre, les ouvriers avaient creusé dans ma chambre, pour raccorder la ligne, un trou par lequel l'eau s'engouffrait. Les trépidations du marteau piqueur effritaient l'enduit des plafonds, recouvrant les meubles, les tables, les piles de livres, de petites écailles blanches. Dehors il commençait à pleuvoir, et l'on entendait la rigole d'eau qui coulait régulièrement de la gouttière devant la fenêtre, dans la rampe d'accès au domaine. C'était un relais de chasse, me dit Gertrud. Elle dut percevoir ma déconvenue, elle me dit : « La seule chose que Yannis m'ait dite avant de partir, c'est que je peux vous donner la clef de son atelier, et que vous pouvez y aller à n'importe quel moment. » J'étais épuisé par le voyage, mais j'avais une telle hâte de voir cette nouvelle série de tableaux dont Yannis m'avait déjà montré des diapos à Paris que je m'y rendis sur-le-champ. La pluie avait grippé la serrure. Je suis la personne la moins douée du monde pour ouvrir une porte. Mais j'avais une telle impatience d'entrer dans cet atelier que je réussis à la vaincre. Je trouvai hideux les nouveaux tableaux, était-ce parce que Yannis m'avait lâché, et que je lui en voulais ? Je rôdai dans son atelier. J'aimais Yannis. Ce n'était pas une attirance érotique, j'étais fasciné par son obsession de lui-même, liée à sa capacité de travail qui me paraissait encore plus forte que la mienne. C'était un cas limite, je m'observais moi-même à travers ce petit bonhomme génial, bourreau de son œuvre, fou de lui, bourreau de lui pour son œuvre. J'étais attiré presque physiquement, non seulement par ses tableaux que j'avais vus reproduits dans des catalogues, mais par la puissance de travail de celui qui les avait peints, et par son talent à en tirer de l'argent, le plus possible, des montagnes d'argent. Yannis était le « jeune peintre » à la mode — il faut beaucoup de guillemets pour ce genre d'expression — et on aurait pu dire que j'étais le « jeune écrivain » en vogue, bien que je fusse malade et probablement condamné. J'étais moins riche que Yannis, je ne possédais pas un appartement à Central Park, un atelier de huit cents mètres carrés dans le Marais, et ce relais de chasse. Je ne possédais pas une femme qui était aussi ma secrétaire, ni un frère qui était devenu mon homme d'affaires, ni des serfs, ni un assistant-écrivain qui me préparerait mes plans, mes canevas sur lesquels je n'aurais à rajouter que quelques détails narratifs, ni des animaux rares dont j'essayais de repeupler cette île mise à sac par le tourisme : les ânes sauvages, les paons, les gorets noirs. À part quelques faux tableaux, de fait, je ne possédais rien. Je ne possédais même plus l'intégralité de ma gorge. La montagne entrait dans l'atelier, qui était l'ancienne écurie, j'imaginais la Sierra Nevada. Allant et venant, parcourant l'atelier de long en large sans regarder ces affreuses croûtes, je détaillais, comme si je les photographiais, les instruments de travail de Yannis : ses craies de couleur, ses bâtons poudreux de pastel, ses seaux à peinture, son punching-ball avec lequel il se délassait d'un travail de six à neuf heures sans rupture alors que je ne pouvais travailler que deux heures de suite pour ma part, ses bouquets de pinceaux fossilisés, ses cassettes de rap et de Chostakovitch, toutes ces images et ces coupures de journaux épinglées aux murs avec ses croquis, sa chaise longue sur laquelle il semblait bien d'après sa disposition qu'il peignait alors qu'il racontait des gesticulations à la Pollock. Yannis était un menteur. Il avait prétendu être fils de paysan alors qu'il était fils de banquier. Je quittai l'atelier en prenant soin d'en refermer la porte. J'avais faim. Dans la cuisine j'ouvris la porte du congélateur au lieu de celle du réfrigérateur où je comptais prendre un yaourt : j'y trouvai d'étranges corps de volailles plumées, énormes, trop grosses pour des pintades, plus grosses aussi il me semblait que ces oies et ces dindes que j'avais mangées à Vienne et à Munich. Je remarquai dans la chair hérissée qui transparaissait, jaune et dure comme glace, à travers des sacs en plastique souillés de sang, des barbules de couleur vert émeraude. J'étais comme seul dans la maison, on n'entendait aucun bruit. On ne pouvait pas descendre au village, la voiture était en panne. Je pris mon yaourt et allai me recroqueviller sous l'épaisse couverture poisseuse que Gertrud avait installée sur mon lit, dans la chambre glaciale, où je dormis tout l'après-midi, d'un sommeil profond, tandis que la pluie gouttait de plus belle devant la fenêtre, et que les trompes des mouches agglutinées sur ma peau, pour y pomper un peu de sécrétions, la chatouillaient désagréablement, s'aventuraient dans les narines, bourdonnaient en copulant dans mes oreilles, tentaient de s'infiltrer par la couture des paupières pour aller boire la gelée de mes cornées.

Nous n'étions pas seuls dans la maison, Gertrud et moi. Il y avait aussi Sam, un peintre du pays dogon avec lequel Yannis préparait son voyage au Mali, et sa copine, Babette, une Française. Ils se levaient vers trois ou quatre heures de l'après-midi, Sam disait en riant qu'il devait attendre que les esprits descendent avec la nuit pour investir l'atelier de Yannis, qui lui avait fait nettoyer un coin sur la mezzanine, alors que ses ignobles toiles géantes s'entassaient partout, toutes identiques, comme produites à la chaîne. Un pastel de Sam coûtait en galerie 25 000 F, un tableau de Yannis 750 000 F. En buvant du café à la cuisine, car il n'y avait rien d'autre à faire qu'à allumer le feu et regarder la télévision, nous bavardâmes un peu avec Babette. Elle m'avoua que Yannis était parti dans un état d'agitation indescriptible, ravagé, c'est le mot qu'elle employa, par cette histoire de faux. « Pourquoi ravagé ? » demandai-je. « Parce qu'il semblerait, chuchota-t-elle, que ces trente faux qu'on a retrouvés, contrairement à ce que dit Yannis en les traitant d'horreurs absolues, sont en fait de purs chefs-d'œuvre. »

Tous les soirs quelqu'un passait à la maison pour voir Yannis : un éditeur qui préparait un livre avec lui, le poète qui avait écrit les textes à partir de ses dessins, un autre écrivain grec, l'épouse du Premier ministre ou la pop star qui voulaient choisir directement dans l'atelier du peintre un de ses nouveaux tableaux avant qu'ils ne soient exposés à Cologne. Gertrud leur répondait avec gêne que Yannis n'était pas rentré et qu'il filerait sans doute tout aussi vite en Afrique. « Ce chanteur de rock, me dit-elle, me tape sur les nerfs. Il est resté ici une semaine avec son orgue électrique, c'était assommant. Il avait apporté comme cadeau à Yannis un appareil de musculation, et il lui disait, en lui montrant ses gros bras dégoûtants gonflés à bloc : " Vois un peu ça, moi c'est la musculation qui m'a sorti de la poudre, tu devrais faire pareil, tu aurais beaucoup plus de succès avec les gonzesses. " Yannis lui avait répondu : " Je préférerais sombrer dans la drogue plutôt que te ressembler de quelque façon. " » Après avoir descendu plusieurs verres d'un bon vin rouge, « mais qui ne devait pas être de 82 », aurait dit Yannis, « parce que 82, répétait Gertrud, est la meilleure année pour les vins, une année comme ça il n'y en a qu'une fois tous les siècles », nous dînions tous ensemble dans l'immense salle à manger ogivale et nue, devant un tableau de Yannis veillé par des clignotants rouges que nous paraissions adorer en composant une sorte de Cène dont la figure centrale restait absente. Gertrud, pour parler de Yannis devant ses invités, disait soit « le maître », soit « le chef ». Elle disait : « Au moins je suis contente qu'il ne soit pas là pour une raison, c'est que je peux enfin mettre des talons hauts. Quand il est là il me l'interdit, sauf au lit ou en restant assise, il est tellement petit. » Sam apporta la volaille sur la table en rigolant et en se brûlant les doigts. Je demandai ce que c'était, Sam hurla de rire de plus belle. « Une dinde ? avançai-je. — Oui, c'est ça, une dinde, une dinde du coin », me répondit Sam en se tapant sur les cuisses. La chair était coriace et parfumée, veinulée de ces stries vert émeraude. Il me semblait que tout le monde riait à mes dépens. J'allai me coucher dans la chambre glacée en me ratatinant sous la couverture puante. La salle de bains aussi était trop froide pour que j'y prenne une bonne douche chaude. Qu'est-ce que j'avais fait à Yannis pour qu'il me traite ainsi ? Il m'avait dit, après la biopsie : « S'il se révèle que tu as la tuberculose, tu viendras à Corfou, avec les montagnes c'est excellent pour la santé. » En sentant l'humidité m'envahir sous la couverture, je pensai que c'était à cause de Yannis que j'allais attraper cette foutue tuberculose redoutée. À trois heures du matin, à bout, je me relevai pour aller me coucher dans la bibliothèque surchauffée. Il y avait un sofa de lecture, recouvert d'un imprimé avec des dessins de rats, adossé au colimaçon de l'escalier qui montait à une deuxième bibliothèque exactement identique. Il devait s'agir d'un lit de camp pliable, je le remis dans cette position horizontale en le faisant glisser sur le tatami, mais quand je voulus m'y allonger, une de ses moitiés s'écroula sous moi, me déséquilibrant dans sa partie la plus basse. Impossible de me redresser. Pas assez de force dans les bras, dans les jambes, dans les doigts. Il aurait peut-être fallu que je me laisse tomber par terre et marche à quatre pattes jusqu'à un appui, comme une des travées de la bibliothèque, sur laquelle j'aurais pu, au risque de faire basculer tous les livres, tenter de me hisser. Appeler au secours Gertrud ? Elle venait d'aller au lit et j'avais attendu qu'elle éteigne les lumières pour me faufiler dans la bibliothèque. En rampant sur le lit cassé en deux, comme un scarabée retourné sur sa carapace, je voyais le dôme de la bibliothèque tournoyer au-dessus de ma tête : dans cette architecture concentrique de vieilles pierres de plus en plus petites en partant du centre, je revis les tourbillons de libellules et de mouches des peintures de Yannis, ses cratères sous-marins ou lunaires, sa contre-plongée inversée au centre de l'arène, je revis ce que voyait Yannis allongé sur le sofa de sa bibliothèque après avoir trop lu ou trop fumé d'opium, je vis en surimpression dans un vertige l'origine de sa peinture, et je compris pourquoi je l'aimais autant.

Je fus réveillé par un son de trompette qui déraille, qui fait des couacs, et crie au secours. Je sortis sur le terre-plein devant l'atelier : le chien noir avait chopé un paon, qui se débattait en faisant ces bruits de corne de brume ou de fusée de détresse, et il lui bouffait le ventre, il en sortait une ribambelle de boyaux bleutés scintillants de corail. J'appelai Gertrud à la rescousse. Elle dit : « Cette sale bestiole ! Elle l'a bien cherché ! Ils sont toujours là à rôder autour de la maison, avec leurs horribles cris, alors que leur place est dans la basse-cour, avec les pintades et les dindes. Au lieu de te frapper à regarder ce spectacle pas très ragoûtant, ajouta Gertrud, tu ferais mieux de m'accompagner à remplir l'auge des gorets, tu verras il y en a de tout petits, ils sont très mignons. » Dans leur porcherie, les gorets noirs à la croûte de cendre étaient couverts d'un mantelet de mouches aiguillonnées par la puanteur. Les gorets noirs, avec leur chape bourdonnante, broutaient dans la boue les asticots et les racines, leurs fientes, de vieux croûtons mouillés d'urine. Par précaution d'hygiène on attendait que les mouches crèvent pour les saigner et faire le boudin. Les mouches mouraient de froid. Je vis dans la maison de Yannis l'illustration précise de l'expression : « tomber comme des mouches ». Elles coulaient à pic pour rejoindre le tapis de mouches mortes qui recouvraient les dallages, et que viendrait enlever avec l'aspirateur la femme de ménage. Mais tant qu'elles étaient encore vivantes, les mouches continuaient de tourbillonner comme des folles, se grisant du jus des gorets et des crottes des ânes, du cérumen de mes oreilles, de mes lymphes purulentes au bord des paupières. Quand nous revînmes de la promenade, le paon éventré ne bougeait plus. Mort il n'excitait plus le chien noir. Gertrud attrapa le paon du bout des doigts, comme s'il était couvert de puces, par une de ses pennes couleur d'émeraude, l'immergea dans un baquet d'eau bouillante, le pluma, le vida, et le fourra au congélateur avec les autres.

Le chien noir était une chienne, Negra. Elle n'avait qu'un an, c'était un chien de chasse, et elle tuait tout ce qui bougeait dans son champ d'action : les lièvres, les rats, les hannetons, les palombes, elle saignait les poules, elle attaquait le petit âne nouveau-né, et Sam horrifié avait dû lui retirer des crocs un agneau encore tout humide, si esquinté qu'il avait fallu le jeter dans un ravin. Cette chienne était d'une suavité sans pareille avec moi. J'étais son compagnon préféré, parce que celui qui se levait le plus tôt de la maisonnée et qui la délivrait de sa solitude nocturne, elle n'avait pas le droit d'entrer dans la maison, elle dormait dans le four à pain et ignorait sa niche. Comme elle, j'avais pris mes places et mes habitudes à l'intérieur du domaine : le matin c'était, face à la mer et aux nuages gris d'orage, sur la petite rambarde de pierre brune et mouillée qui longeait la maison. Quand il se mettait à faire soleil, Negra s'allongeait à mes pieds et se retournait sur le dos pour se faire frotter les mamelons. En fin d'après-midi je m'asseyais devant l'atelier déserté par le maître, je rêvassais en laissant errer mes yeux entre les hautes montagnes silencieuses, la tour dont le cadran solaire par absence de lumière ne livrait aucun repère, et un bosquet de caroubiers dont les ânes venaient brouter les fleurs. J'attendais là, des heures durant, que quelque chose survienne, quelque chose qui n'arrivait pas. Ce n'était pas l'ennui. Je respirais fort en direction des montagnes, comme si je pouvais leur prendre quelque chose de leur énergie. J'étais heureux. Je m'apprêtais à aller chercher le premier verre de vin à la cuisine. Sam débarquait à la tombée de la nuit pour conquérir son recoin d'atelier, il disait que les esprits étaient enfin descendus des montagnes, et qu'il était temps de se mettre au travail après avoir dormi tout le jour. Le dimanche soir, me voyant assis sur mon parapet, Sam me lança : « Notre ami va venir, je le sens, il va arriver ce soir, il aura eu un ennui, je ne sais pas lequel, mais je sais qu'il va débarquer ce soir. »

Toutes les nuits, jusqu'à trois ou quatre heures du matin, Sam, Babette et Gertrud bavardaient dans le salon. Ils préparaient le voyage en Afrique du maître. Moi aussi, dans la bibliothèque, j'avais modifié la position du globe lumineux qui m'éclairait dans la pénombre : la première nuit il y avait l'Australie, et je l'avais tourné sur lui-même jusqu'à ce que le continent africain soit depuis le lit dans mon champ de vision et d'endormissement. Des rires et des mots me parvenaient du salon, comme ceux des parents pour un enfant qui s'endort. Ces mots étaient parfois pirogue ou ananas. Au matin je retrouvais de petits morceaux d'opium oubliés sur la table du salon, posés sur les livres de croquis de Constable, études de cirrus, gouaches d'orages sur carton que j'avais sortis de la bibliothèque. Au matin je retrouvais aussi mon corps couvert de traces de griffes, spécialement sur les joues et sur la nuque. Je n'arrivais pas à m'en expliquer la provenance. Je n'avais senti aucune sensation de griffure pendant la nuit. En même temps Gertrud avait les mêmes cicatrices sur les bras, peut-être était-ce Negra qui nous griffait en nous faisant la fête ? Ou bien moi qui me griffais au sang dans mon inconscience ? Je m'endormis dans la bibliothèque surchauffée, sous la couverture avec les dessins de rats, guettant ces mots qui évoquaient l'Afrique, les listes de provisions, de médicaments, de matériel pour le voyage, les rouleaux de toile, l'enduit, le liant, les essences, les couleurs, les pinceaux qu'il fallait commander à Athènes. Pendant ce temps les travées circulaires de la bibliothèque tournoyaient autour de moi en me lançant de temps à autre, éclairé par l'espace bleu azuré qui encerclait l'Afrique sur la mappemonde, un nom d'écrivain sur une tranche de livre qui me ramenait tout son monde, et des mondes fraternels. Les écrivains morts faisaient la ronde autour de moi, une sarabande où ils m'entraînaient gentiment en me tirant par la main, le tourbillon de mes fantômes chéris : Tchekhov, Leskov, Babel, Boulgakov, Dostoïevski, Soseki, Tanizaki, Stifter, Goethe, Musil, Kafka, Ungar, Walser, Bernhard, Flaubert, Hamsun...

La chienne a sauté sur le muret à côté de moi. La maisonnée dort, nous sommes seuls, elle veut me faire des papouilles, prête à me ravaler toute la façade d'un seul coup de langue, je détourne la tête pour ne pas sentir sa bave sur mes lèvres, elle est déçue, fouine dans mon cou, lèche et mordille, suçote comme elle est habituée sur son propre corps avec les puces, elle me passe dans le dos et va voir sur le côté droit s'il y a le même parfum, non c'est moins bon, elle retourne au côté gauche, refouine, relèche, remordille, resuçote, resuce, c'est tout chaud et râpeux, d'abord je ne comprends pas, et puis tout va très vite, j'ai l'impression que la langue de la chienne est entrée dans ma gorge, je me tourne vers elle et je vois qu'elle est en train de mastiquer quelque chose de rouge, la chienne noire a rouvert ma cicatrice et bouffe mes lymphes.

Dans la nuit de mardi à mercredi, la veille de mon départ, je me relevai du lit de camp de la bibliothèque pour aller faire pipi, les autres discutaient encore dans le salon, il fallait que je me rhabille pour le traverser jusqu'à la salle de bains sans les effrayer par ma nudité. Je jouerais les somnambules, les mains en avant comme un médium, et comme la fois d'avant ils me diraient de ne pas me cogner la tête dans la porte trop basse. Dans la pénombre de la bibliothèque seulement éclairée par le continent africain, me rhabillant il me sembla percevoir au bas des travées des livres un animal qui ne bougeait pas. Quelque chose avec une longue queue, un rat. Peut-être une hallucination, peut-être un objet tombé de la bibliothèque que je prenais pour un rat, il fallait que je vérifie. Si c'était un rat, il était vraiment énorme, et curieusement immobile. Oui, c'était indéniablement un rat, venu dormir et se réchauffer à mes côtés dans la bibliothèque. C'était peut-être lui qui me griffait la nuit, on racontait que les substances du rat, sa bave en particulier, étaient analgésiques au point de faire ignorer la morsure pendant le sommeil. Je criai : « Gertrud ! Je crois qu'il y a un rat dans la bibliothèque ! » J'entendis se rapprocher le remue-ménage que j'avais provoqué. Le rat ne bougeait pas. Babette disait : « Il faut l'assommer avec quelque chose de lourd ! » En faisant irruption dans la bibliothèque, Sam dit : « Il a l'air malade ce rat, il a dû s'empoisonner. » À ce mot de maladie, et à cette image du malade mourant qu'on allait estourbir à coup de trique, je m'identifiai immédiatement au rat, je hurlai comme un enfant : « Non, je vous en supplie, ne le tuez pas ! Laissez-le vivre ! » Gertrud ôta immédiatement son pull, sous lequel elle était nue, et le jeta sur le rat qui se mit à faire des bonds furieux quand elle le prit dans son étouffoir pour aller le jeter dehors. Je n'avais pas encore touché à la Digitaline camouflée sous des tee-shirts au fond de mon petit sac à dos noir. Quand Gertrud revint, elle me dit : « Tu es sûr que maintenant tu peux continuer de dormir là ? Ça ne te fait pas peur ? » Je lui dis que j'aimais beaucoup les rats, et qu'ils me le rendaient bien. Après avoir pissé, et m'être redéshabillé, je me recouchai sur le lit de camp. Cette fois c'étaient les peintres qui faisaient la sarabande autour de moi en m'encerclant avec leurs noms sur les tranches des albums : Manet, Matisse, Picasso, Balthus, Goya, Miró. Balthus, Balthus, Balthus...

J'avais pourchassé Balthus, comme Bacon, mais avec un peu plus de succès, peut-être parce que, hormis pour quelques toiles des années 30 à 50 (la fameuse *Chambre* acquise par Agnelli), je l'admirais beaucoup moins que son confrère irlandais, cela me donnait plus d'aisance pour tenter de me faufiler dans sa vie sous les prétextes les plus saugrenus et les plus mensongers, alors que j'avais été à chacune de mes rencontres avec Bacon, qui n'aimait que les brutes et les palefreniers, bafouillant et rougissant comme une jeune fille, de quoi vraiment l'assommer. Quand j'ai demandé au danseur Noureev si je pouvais l'interviewer, j'avais dix-huit ans, et lui me demanda immédiatement si j'étais brutal en amour, je l'étais sans doute mais je lui dis le contraire, l'interview ne fut jamais faite. À une date que je situerais au mois de septembre 1983 ou 84, juste avant qu'on ne me chasse au bout de neuf ans de bons et loyaux services de ce journal internationalement prestigieux qu'était *Le Monde*, le chef du service culturel, l'admirable Yvonne Baby, qui n'allait pas tarder à en être aussi chassée, m'envoya en service commandé au Festival de Venise pour traquer les célébrités qui composaient le jury cette année-là : Antonioni, l'acteur Erland Josephson, Fanny Ardant, qui d'autre je ne sais plus, mais en tout cas Balthus. Tout le monde s'étonnait de la présence du peintre, dont personne ne détenait aucune photo depuis bien cinquante ans, dans une manifestation si exposée, si en vue. Des gens le croyaient mort. D'autres disaient qu'il avait cent ans, il était malgré lui, déjà, une légende vivante. En chair et en os avec ses lunettes noires et son profil d'aigle, la tête levée vers les embruns, sur le pont des vedettes de luxe qui liaient l'hôtel Danieli au Lido où avaient lieu les projections des films en compétition. Sa femme m'avait éconduit au téléphone avec une politesse hautaine toute japonaise, sa fille de dix ans m'avait ri au nez, et la gouvernante m'avait prié de ne plus rappeler. Je me muai facilement en *paparazzo* acharné. Ma cible la plus compliquée, donc la plus excitante, était Balthus. Je l'abordai à l'arrière de ce hors-bord où j'avais sauté de justesse. Sans retirer ses lunettes noires et sans même abaisser son regard sur moi, il me dit que l'interview était une pratique barbare, qu'il détestait plus que tout au monde, et il émit une petite toux aigre, comme un raclement de gorge d'agacement, qui lui faisait faire l'économie d'un « Au revoir monsieur ». Je revins plusieurs fois à la charge (je devais avoir vingt-cinq ans), jusqu'au moment où il explosa, m'injuria, et me chassa en se débattant comme au centre d'un nuage de guêpes folles. L'ancien ministre et président du Sénat Edgar Faure faisait aussi partie du jury. Je l'interviewais comme les autres membres, dans les salons de l'Excelsior, au rythme d'un par jour. Edgar Faure était tout le contraire de Balthus : il se rengorgeait d'apparitions et de déclarations publiques. Si je n'avais pas voulu l'interviewer, son attachée de presse m'aurait houspillé jusqu'à ce que je cède. En fait, Edgar Faure était un homme exquis qui se complaisait en anecdotes savoureuses. Il était en train de m'en raconter une quand passa à notre abord le maître avec ses lunettes noires, son épouse en kimono qui avançait à petits pas sur ses socques de bois, et la fillette impubère. « Pardonnez-moi, me dit Edgar Faure, je vais devoir saluer mon vieil ami Balthus. » Le peintre, qui m'avait reconnu, fuyait déjà dans un mouvement de recul horrifié. « Permettez-moi, mon cher ami, lui dit l'homme politique, de vous présenter... hmm comment déjà ? » Je dis mon nom. Ce n'était pas dans les usages de Balthus de fulminer devant le président du Sénat, mais de m'ignorer, inquiet pourtant de la familiarité qui semblait me lier à lui. Car Edgar Faure était très rigolo, très insolent, il adorait mettre les pieds dans le plat : « Dînons ensemble ce soir, voulez-vous mon cher ami, je vous invite, il y aura aussi mes filles, depuis que vous avez eu une exposition à Beaubourg vous êtes devenu drôlement célèbre vous savez, elles seront enchantées de dîner avec le peintre Balthus, et si vous êtes dans un bon jour, ma foi, eh bien vous pourrez leur faire un petit gribouillis sur un bout de nappe, qui peut-être un jour, on ne sait jamais, les tirera de la mouise... » Balthus faisait mine d'être sourd, il continuait de se racler la gorge et de toussoter comme une vieille aristocrate acariâtre qu'on a poussée dans les orties, il ne lui manquait que le cornet à l'oreille. Une fois le peintre disparu, je dis à Edgar Faure : « Balthus me fuit comme la peste. Ça fait une semaine que je le taraude pour qu'il m'accorde une interview. » Edgar Faure posa sa petite main dodue et poilue sur le dos de la mienne, et me demanda : « Est-ce que vous avez bonne mémoire ? » Je répondis oui. « Alors elle est faite, mon ami, votre interview, vous n'avez qu'à venir dîner ce soir avec nous, et on se débrouillera, je vous invite avec madame votre épouse. » Je proposai à Edwige, alors critique de cinéma au *Monde*, de m'accompagner, je dus insister, elle était affolée, dîner avec Balthus et Edgar Faure n'est pas très quotidien. Une fois que nous fûmes assis avec ces hôtes autour de la grande table ronde de la salle à manger de l'hôtel Excelsior, nous dûmes subir de plein fouet les regards de haine jetés par nos confrères journalistes qui passaient derrière la porte vitrée, ou dînaient eux aussi à de minuscules tables rikiki, sans Balthus ni Edgar Faure. Qu'avions-nous donc fait pour nous retrouver là, au centre de tous les regards ? Edwige était terrorisée parce que je lui avais confié mon projet, soufflé par Edgar Faure, de réaliser cette interview sauvage de Balthus pendant le dîner. C'était de la piraterie, et comme Edwige est la droiture même, une telle entourloupe ne l'enthousiasmait guère. C'est donc moi, en véritable animateur de table ronde à la télé, qui menai le débat, posant les questions les plus insensées à Balthus, qui faisait mine de ne me connaître ni d'Ève ni d'Adam, et d'être seulement surpris par la fougue du jeune questionneur. Je lui demandai s'il avait été content de son exposition à Beaubourg. « Une horreur, répondit-il, une absurde hérésie, tous les tableaux éclairés à la lumière artificielle alors qu'ils sont peints et faits pour être regardés à la lumière naturelle, je préfère ne pas y penser. » Je lui demandai si l'exposition du Metropolitan à New York avait été mieux conçue : « Ne m'en parlez pas, lança-t-il de sa voix de mêlé-cass de vieille comtesse horripilée, les Américains sont des gangsters ! » Et l'exposition à Tokyo : « Du même acabit ! Des gangsters, je vous dis ! » Je changeai alors de sujet et le questionnai sur les films qu'il était en train de voir en tant que membre du jury : « D'une crétinerie stupéfiante, répliqua-t-il. Ces cinéastes sont vraiment des abrutis, c'est à perdre la tête, heureusement que j'ai le prétexte de mes crises de palu, ça me permet de sortir de la salle, je prétends que je suffoque, et je vais fumer une petite cigarette dans le couloir. — Mais il n'y a aucune image qui vous ait touché ? continuai-je en parfait Tintin-reporter. — Si, répliqua-t-il, mais une seule et dans un film soviétique pas très fameux par ailleurs. » Stupidement je n'eus pas la présence d'esprit de lui faire décrire l'image en question, et les autres convives agacés par le talk-show avaient hâte de redistribuer démocratiquement la conversation. Je rentrai à l'hôtel fiévreusement et me mis à rédiger mon entretien avec Balthus, un vrai scoop, une petite bombe dont les bruits de détonation se rapprochaient de moi de façon inquiétante à chaque tour de vis. Il suffisait que je dicte l'article sur-le-champ à une sténo, Yvonne Baby s'en emparerait à sept heures du matin, à sept heures et demie elle le vendrait à la conférence de rédaction, à treize heures il sortirait de l'imprimerie, en première page du journal, et il arriverait à Venise le lendemain matin sur la table du petit déjeuner de Balthus. J'avais un peu les foies. Edgar Faure m'avait lancé un gros clin d'œil quand nous avions quitté la table. Cette histoire de l'image non décrite me tracassait aussi, c'eût été la seule chose un peu positive de l'article, où Balthus vitupérait contre la terre entière. Je décidai de remettre au lendemain la dictée de l'article, et me pointai aux abords de la salle de projection, à l'heure où les membres du jury visionnaient en premier les films de la compétition. Je tombai immédiatement sur Balthus, faisant les cent pas dans un couloir vide et fumant sa cibiche. « Comment allez-vous, mon cher ami, depuis hier soir ! me lança-t-il chaleureusement, comme si j'étais son sauveur. Je n'aurais jamais dû accepter, continua-t-il, je me suis laissé piéger, et mes pseudo-crises de palu ne suffisent pas à me sortir de cet effroyable bain de bêtise. » J'étais stupéfait : il avait une tout autre voix que celle que je lui avais toujours entendue. Une voix jeune, fraternelle, sans aucune afféterie, et sans ce chevrotement de vieillard poudré avec lequel il jetait par-ci par-là des « mon vieil ami », des « monsieur le Premier ministre », ou « chère duchesse ». Je lui demandai quelle était cette image qui lui avait paru belle. « C'est dur à raconter, dit-il, c'est quelque chose de purement visuel. Un village russe à l'ancienne, avec des coupoles, des mosquées, qui a été entièrement englouti sous l'eau, un barrage qui a cédé ou quelque chose comme ça. L'hiver la glace prend, le village est saisi en dessous, les enfants font du patinage par-dessus, ils creusent des trous dans la glace pour y glisser leur œil et tâcher de reconnaître quelque chose de la citadelle gelée. L'été de nouveau ils arrivent en barque et nagent au-dessus du village, on voit leurs jambes battre sous l'eau par-dessus les coupoles de l'église. Un des enfants plonge en apnée pour tenter de sonner les cloches, ça c'est très beau, toute l'histoire autour est assez médiocre. » J'avais ce qui me manquait. Je laissai Balthus dans son couloir avec son mégot et sa simulation de crise de palu, et filai à l'hôtel des Bains compléter mon article, que je dictai sur-le-champ à une sténo. Deux heures après, Yvonne Baby m'appelait pour me dire que l'article était très rigolo, et qu'elle comptait le passer le lendemain en une du *Monde.* Personne n'avait jamais obtenu un entretien avec Balthus. Je n'en menais pas large. Je quittai Venise comme prévu, mais aussi comme un lâche. Je devais prendre un wagon-lit le soir. L'après-midi, sur la place Saint-Marc, j'aperçus au loin le couple royal, d'un autre temps, Balthus en costume blanc avec un panama, son épouse en kimono blanc ourlé d'or tamisé par une ombrelle, et la fillette courant après les pigeons dans une robe légère d'une tonalité assortie. C'était encore mieux que Tadzio avec sa mère rêvés par Visconti. Devant une beauté si archaïque, j'eus honte de mon procédé de voyou.

L'article était sorti depuis huit jours, aucune réaction ou protestation n'était parvenue au journal, un matin le téléphone me réveille, j'entends la voix chevrotante qui me dit : « Allô, Guibert ? Bonjour, c'est Balthus, comment allez-vous ? Dites-moi, nous avons lu votre article, il était tout à fait tordant. Le seul problème, c'est que vous m'y faites dire des horreurs, sur les Américains passe encore, mais sur les Japonais c'est un peu plus délicat... Vous n'ignorez pas que mon épouse est japonaise. Imaginez un peu qu'on injurie Madame votre mère. Est-ce que vous pourriez avoir la gentillesse, mon cher Guibert, de faire passer un rectificatif dans lequel vous nierez que j'aie jamais traité les Japonais de gangsters ? »

Je l'assurai de toute mon aide, et je fis passer un rectificatif signé de mes initiales, dans lequel je m'accablai littéralement : la conversation avec Balthus avait été d'ordre privé et n'était en rien destinée à la publication. Ce rectificatif parut ainsi,

Balthus me rappela deux jours plus tard : « Merci pour votre rectificatif, c'est très gentil à vous, seulement voilà, mon pauvre Guibert, ça ne suffit pas, ces Japonais sont infernaux, ils téléphonent du matin au soir, l'ambassade, le consulat, le ministre de ceci ou de cela, c'est l'accusation de gangsters qui leur fait problème. Ne pourriez-vous pas dire qu'un bruit de chaise malencontreux a résonné dans votre oreille, faisant se télescoper dans votre esprit le mot de gangsters qui était associé aux Américains, et non aux Japonais comme vous avez cru l'entendre ? » J'appelai aussitôt le directeur du *Monde*, André Laurens, et le priai de me soutenir dans la publication d'un rectificatif qui lui semblerait saugrenu, mais qui seul pourrait nous sauver de l'avalanche de courrier japonais que *Le Monde* recevait désormais chaque jour en signe de protestation. Ce jour de septembre 1983 ou 84, *Le Monde* publia donc dans sa page « culture » un rectificatif intitulé « Balthus et les gangsters », ainsi libellé : « Au cours de l'entretien de notre collaborateur Hervé Guibert avec le peintre Balthus, un bruit de chaise malencontreux (j'avais noté sur un bout de papier les mots exacts de Balthus au fur à mesure qu'il les disait au téléphone) a fait se télescoper dans l'oreille de notre collaborateur deux informations pourtant bien distinctes : les gangsters en effet n'étaient pas les Japonais comme on aurait pu le comprendre, mais bel et bien les Américains en personne. » L'aspect totalement absurde de ce rectificatif, qui calma les esprits d'un côté du monde, sembla sceller une sorte d'amitié avec Balthus, comme un bon ou mauvais coup que nous aurions chacun fait avec la complicité de l'autre.

J'avais gardé le téléphone que Balthus m'avait donné pour que je le tienne au courant, dans son chalet en Suisse. Deux ans plus tard, je m'en servis pour le rappeler. Bizarrement le numéro n'avait pas changé, je tombai immédiatement sur Balthus, c'était irréel. Non seulement il ne manifestait aucun agacement, mais il était particulièrement chaleureux : « Comment allez-vous, mon cher Guibert, depuis notre affaire de grincement de chaise ? Nous vous remercions pour l'envoi de votre livre, nous l'avons trouvé très bien, Setsuko aussi, j'aurais beaucoup de choses à vous raconter sur les aveugles. D'ailleurs, si vous vouliez écrire la suite, vous pourriez me prendre pour modèle, je suis moi-même en train de devenir aveugle, c'est assez compliqué pour un peintre... Mais quand aurons-nous le plaisir de vous revoir, mon cher ami ? — Justement, enchaînai-je, sautant sur l'occasion, j'ai un rendez-vous la semaine prochaine avec mon éditeur à

Lausanne, j'aimerais beaucoup que ce soit l'occasion de vous rendre une petite visite. — Mais comment donc, me dit Balthus après avoir chuchoté quelques mots en japonais, sans doute à sa femme, quel jour a lieu ce rendez-vous ? » Je donnai une date au hasard. « Eh bien, venez déjeuner à la maison, je vous préviens que ce sera japonais car nous avons un chef qui l'est tout à fait, j'espère que vous aimez la cuisine japonaise ? » Je n'avais pas d'éditeur à Lausanne, tout ça était un coup monté, j'avais examiné la carte suisse pour chercher à comprendre, d'après ses récits vénitiens, où le grand peintre résidait exactement. « J'espère que grâce au succès de votre livre, vous pouvez vous dispenser de cet infâme métier de journaliste. — Oui, Dieu merci, quelle horreur. » Je continuais de filouter. Je me rendais spécialement en Suisse pour piéger le peintre dans sa tanière. J'avais donc été jeté comme un malpropre du *Monde*, et repêché très chaleureusement par le directeur de *L'Autre Journal*, Michel Butel, et son équipe. Je leur devais une fière chandelle, au point que je me décarcassais pour leur apporter ce qu'on appelle des scoops. J'étais allé interviewer à Salzbourg Peter Handke, qui s'était livré à moi comme jamais. J'avais cédé une lettre inédite de Barthes contre la volonté de ses exécuteurs littéraires. Maintenant je voulais tenter une interview du dernier grand peintre inaccessible, qui s'était toujours tu sur son art. Mais comment arriver jusqu'à la maison du maître ? « On ne peut plus simple, m'expliqua Balthus, vous prenez la petite micheline à Lausanne, en direction de O., et vous descendez à la station S., vous serez certainement seul dans le train, sauf s'il y a des orphelins, vous verrez il y a beaucoup d'orphelinats dans cette région, et vous serez encore seul quand vous descendrez du train, on ne peut pas vraiment parler de gare ni même de station, à peine une cahute toujours fermée et sans personne sur deux rails gelés à l'infini, faites attention de ne pas glisser, emportez de bonnes chaussures. Une fois le train reparti, tournez le dos aux montagnes et examinez les chalets du village. Vous ne pouvez pas vous tromper, dirigez-vous en direction de celui qui vous semblera le plus bizarre, c'est le nôtre. »

Je passai une nuit dans un palace à Lausanne pour ne pas être trop fatigué par le voyage. Il fallait aussi que j'occupe une place, dans la logique de mon emploi du temps, pour ma rencontre avec le soi-disant éditeur. Je pris tôt le matin la petite micheline que m'avait indiquée Balthus : elle s'enfonçait dans les neiges et dans les brumes, dans des couches toujours plus épaisses et indistinctes de neige et de brume, rasant les branches des sapins dont elle faisait tomber le givre, et découvrant parfois un de ces lugubres orphelinats en vieux bois, souvent barricadés, avec des pancartes à demi effacées où l'on pouvait encore lire : « Pension du Sacré-Cœur miséricordieux » ou « Institut des Enfants bleus ». C'était un paysage féerique, un paysage de Noël.

Tout se passa exactement comme Balthus me l'avait décrit. Lui-même devait faire souvent ce trajet de Lausanne à S. Étant descendu du train, où effectivement il n'y avait eu que le chahut de deux ou trois garçons au crâne tondu mimant de prendre les commandes du train, qui apparemment n'avait pas de conducteur, mais roulait tout seul vers le sommet, comme un téléphérique ou un train de foire tiré par un treuil, seul sur le quai comme Balthus l'avait prévu, devant la cahute barricadée, je levai la tête vers les sommets neigeux encerclés de brume, puis la tournai vers le village, où effectivement je distinguai une construction abracadabrante, comme une pagode chinoise sertie dans la glace. Je n'avais dans les mains aucun bagage, rien qu'un paquet cadeau avec quelques livres comme présent, *L'homme sans postérité* d'Adalbert Stifter, *Mes premiers honoraires* d'Isaac Babel, *Le pauvre cœur des hommes* de Natsume Soseki, les mêmes livres que ceux que j'apportai cinq ans plus tard à Corfou à la femme de Yannis, mes goûts n'avaient pas changé. Je portais ce vieux manteau bleu foncé en pur cachemire élimé, au fond des poches duquel je cachai d'un côté mon minuscule appareil photo et de l'autre ce cahier vierge en rouleau que je comptais utiliser pour noter les paroles du maître. Je me dirigeai vers la pagode, tout était silencieux, il n'y avait pas âme qui vive, on percevait seulement le bruit de la neige qui se décrochait des toits. Soudain je vis surgir de cette masse de neige creusée par une sente tortueuse un personnage surprenant, un gentleman-farmer aux cheveux blancs mais à la vigueur étonnante, un homme avec de hautes bottes, une chemise ouverte sur la poitrine malgré le froid, un Éric von Stroheim géant, fringant, sans monocle et sans badine : Balthus sortant de son atelier, un homme heureux. « Mon pauvre Guibert, me lança-t-il en examinant tout de suite mes misérables chaussures de ville, je vous avais complètement oublié ! C'est vrai que nous sommes déjà jeudi, et que nous devons déjeuner ensemble, n'est-ce pas ? Entrez donc, je vais me changer pour être un peu présentable, Setsuko va arriver tout de suite et vous tiendra compagnie, asseyez-vous là au chaud. »

Je restai seul dans le salon aux murs de bois nu, sans tableaux. Je n'avais pas retiré mon manteau, malgré la chaleur, pour garder à portée de main les objets du crime. Il régnait un silence incroyable dans cette maison. Chaque pas faisait craquer le bois. J'avais l'impression de percevoir, à l'étage au-dessus, les bruits de déshabillage puis de rhabillage du peintre, jusqu'à un craquement d'os, mais aucune parole ni chuchotis, alors qu'au-delà de la cloison, j'allais le découvrir, une armada de cuisiniers japonais et de serveuses s'activaient sans bruit à préparer le déjeuner. Derrière les petites fenêtres hautes et étroites sans rideaux, on n'apercevait que des combes de neige. Soudain le trottinement léger de la maîtresse de maison se fit entendre dans le couloir. Elle ne s'habillait jamais à l'européenne, mais dans de somptueux kimonos brodés et ouvragés, des parures légères mais précieuses qui ceignaient son corps mince de poupée. Je lui demandai des nouvelles de sa fille. « Elle est infernale, me dit-elle, je n'ai que des plaintes du directeur de la pension. Elle se cache dans les placards des greniers pour faire on ne sait quoi, et ne semble pas du tout s'intéresser aux études, exactement mon portrait à son âge. Mais vous n'allez pas garder ce gros manteau avec cette chaleur, vous allez étouffer mon pauvre, tenez, donnez-le-moi. » Mon hésitation à lui confier mon manteau, que visiblement je tenais à garder, fit qu'elle me jeta un regard plein de suspicion, qui s'aggrava quand elle soupesa le manteau, anormalement lourd, pour le mettre au portemanteau. Mais elle semblait avoir l'habitude de ce genre de situation, et une fois que le manteau fut mis hors de portée de ma main, elle me fixa cette fois avec un regard triomphant qui avait l'air de dire : « Vous voilà désarmé, espèce de voyou ! »

Balthus arriva, en tenue de ville pour le déjeuner, il avait remisé ses bottes de gentleman-farmer, sa chemise grande ouverte sur sa poitrine grisonnante, il portait un complet gris sur une chemise rose pâle avec une cravate. « Tout à fait épatant, votre livre sur les aveugles, mon cher Guibert ! Vous savez que nous en connaissons un chapitre sur les aveugles, Setsuko et moi, parce que au Japon la grande figure héroïque, pour les enfants et les spectateurs de télé comme nous, est un aveugle. Une sorte de Zorro japonais aveugle tout à fait sensationnel ! Il se bat contre les méchants. Alors ça donne des scènes du genre où il est en train de manger dans une gargote une soupe pleine de spaghetti, il commence à aspirer une de ces nouilles interminables mais il entend un bruit suspect dans son dos, il dégaine, fait feu, abat deux ou trois de ses ennemis, rengaine tranquillement, et achève de gober son spaghetti. »

Balthus me refusa l'accès de son atelier. Peut-être sa femme lui avait-elle glissé un mot sur la lourdeur du manteau désamorcé. Il me dit : « Moi je ne vous enquiquine pas à venir fouiller dans vos brouillons sur votre bureau. » Il était en train, depuis trois ans, de peindre un nu, que j'ai identifié des années plus tard dans l'album Skira comme étant le *Nu au corbeau noir.* Balthus disait qu'il voulait peindre un nu qui ne soit pas nu, ou alors un nu qui ne soit qu'un nu, sans la chair mais avec la peinture, un nu idéal, un nu qui ne soit rien et tout à la fois, qu'une idée de nu, un nu sublime, sans sex-appeal, un nu absolu désincarné. Quand j'ai vu cette peinture reproduite dans l'album, elle m'a terriblement déçu, je l'ai trouvée infantile. Setsuko se plaignait de ce que son mari allait vendre sa toile à des marchands américains alors que pour elle cette toile lui appartenait totalement : « Balthus, disait-elle devant lui en riant, n'aurait jamais été capable de faire cette peinture sans moi, sans mes soins, sans ma présence, vous avez vu dans quel état il est, c'est un miracle qu'il puisse encore tenir un pinceau, et au lieu de me rendre ce qu'il me doit, il le liquide aux Amerloques ! »

Nous étions passés dans la salle à manger, aux lambris aussi nus et rugueux que ceux du salon. La même petite fenêtre haute laissait voir une épaisseur de neige. Setsuko me fit asseoir à sa droite, Balthus était en face de nous. Setsuko agitait une petite clochette pour faire apporter et débarrasser les plats. Une porte en verre à battants séparait la salle à manger de la cuisine, qui semblait minuscule, réduite à un seul fourneau sur lequel officiait le cuisinier japonais. Dans ce sas transparent entre la cuisine et la salle à manger se pressaient trois jeunes serveuses en noir, une lune de dentelle blanche épinglée sur la coiffe, qui nous regardaient manger, tendaient l'oreille, et parfois pouffaient de rire. Je me demandai dans quel siècle j'avais voyagé. Balthus poursuivait ses histoires de bandes dessinées. Hergé était le plus grand créateur du XXe siècle, et le combat de boxe de Spirou — « comment vous ne connaissez pas ? » me dit-il en me jetant un regard courroucé — dépassait largement Piero della Francesca. Ça faisait partie de son chic, d'épater ses invités avec ce genre de ritournelles que Setsuko écoutait pour la énième fois.

De retour au salon, après être passés par une antichambre où Balthus m'avait montré de petits Mondrian et un Picasso accrochés aux murs, les seules peintures me dit-il qu'il supportait, je lui demandai bille en tête ce qu'étaient devenus les enfants Blanchard, la petite Thérèse et le petit Hubert qui avaient posé pour lui en 1936 et 1937, et que j'avais tenté de joindre en vain, écumant tous les Blanchard de tous les Bottins et de toutes les mémoires de Minitel, pour qu'ils me racontent ces étranges séances où le peintre les faisait poser à quatre pattes, ou les priait d'écarter légèrement leurs jambes. « Mais les pauvres petits sont morts, me répondit Balthus. C'étaient des enfants délicieux, le fils et la fille des gardiens de l'immeuble voisin de mon atelier, cour de Rohan. On s'amusait beaucoup pendant ces séances de peinture. Mais la pauvre petite Thérèse n'a pas tardé à mourir, d'une maladie atroce, je crois me souvenir la maladie de Koch ou quelque chose comme ça. Quant au frère, disparu, purement et simplement, à la guerre sans doute... je n'ai plus jamais eu de nouvelles d'Hubert. » Balthus parle d'Artaud, de Bataille, de Jouve, comme s'ils étaient dans une pièce de la maison de sa vie : c'étaient ses amis. Je fais remarquer à Balthus que pour moi, du fait de son âge et de son œuvre, il s'apparente à ces grands morts déjà éternels. Balthus me dit qu'il lui était arrivé un semblable sentiment de proximité, à son arrivée à Paris, dans les années 20, quand il avait loué une chambre chez une très vieille dame. « Elle n'arrêtait pas de me parler de Manet, qu'elle avait très bien connu, presque comme s'il était toujours en vie, alors que pour moi c'était déjà une montagne de l'histoire de la peinture. » Balthus fait le même amalgame entre les écrivains morts qu'il a connus dans sa vie, et les écrivains vivants, ils sont pour lui sur un même plan. Il me parle de Roger Gilbert-Lecomte, pour la publication des œuvres duquel il s'est battu contre sa famille, « comme si c'était moi-même, ça ne me rend pas prétentieux, je ne le connaissais pas ». Je lui demande à brûle-pourpoint ce qu'il pense de Hopper. Il tire l'oreille, se fait répéter le nom, fait mine de n'en avoir jamais entendu parler. « Ah oui, je vois, dit-il alors, ce petit peintre américain... Mais ce n'est pas de la peinture, c'est du cinéma, des effets spéciaux. Vous savez, la peinture c'est la peinture, et ce n'est rien que la peinture, ce n'est pas un secret et à la fois c'en est un après lequel j'ai couru toute ma vie en le touchant parfois. » Je tente : « La couleur ? — Non, la couleur bien sûr, mais c'est la moindre des choses. — La scène alors ? Non, pas non plus la scène. La peinture n'a pas besoin de ça. Elle est à la fois son propre objet et son propre sujet, et c'est à ce mystère qu'œuvre le peintre. » Le soir tombait. Soudain Balthus se mit à dire quelques mots en japonais à sa femme, comme les parents parlent anglais devant les enfants pour ne pas qu'ils comprennent leurs histoires de cul. Il la consultait sur l'opportunité de me garder pour dîner, et de m'offrir un gîte. Setsuko fit comprendre qu'elle préférait le contraire : mon manteau était vraiment trop lourd, anormalement lourd. Je repartis seul en direction de la gare, le cuisinier japonais partait en même temps à la pharmacie du village avec une ordonnance pour le maître. La brume qui encerclait le haut des montagnes était maintenant bleu sombre. Je fis les cent pas le long des rails que personne ne déblayait jamais de leur neige sinon le tortillard. Une pauvre femme faisait un trajet identique de l'autre côté du deuxième rail, mais en sens inverse, sans doute une folle, elle ne monta pas dans le train. À mon retour à Paris je décidai de ne pas faire d'article.

J'avais quitté Corfou, à l'aube du mercredi, sans y avoir revu Yannis. Son faussaire l'avait suivi jusqu'à Istanbul avec son homme d'affaires véreux, et ils le menaçaient, par téléphone, ou en lui emboîtant le pas dès qu'il sortait de l'hôtel. Le téléphone décroché, il se terrait dans sa chambre du Pera-Palace, avec pour se protéger le petit revolver noir de calibre 12 qu'il avait emporté avec lui, il se faisait monter ses repas et quand le serveur au fez entrait dans la chambre avec le plateau il gardait la main sur le revolver, bien au fond de sa poche ou sous l'oreiller du lit où il restait assis, sans pouvoir se relever pour donner un pourboire. Les services de la police internationale des œuvres fausses ou volées l'avaient aussi suivi jusqu'à Istanbul et, avec le catalogue des trente faux Yannis vendus dans des galeries du midi de la France ou en Espagne, tout aussi bien que dans des ventes publiques à Versailles, ils lui demandaient de les dénoncer un par un pour pouvoir procéder à leur destruction. Si Yannis dénonçait le trafic des faussaires, et portait plainte, le mafioso aux chaussures pointues et lustrées l'en avait prévenu, il défigurerait Gertrud. Ces trente tableaux, selon la cote de Yannis et selon leurs dimensions, devaient représenter une somme de deux milliards d'anciens francs. La femme juge qui s'occupait du dossier harcelait également Yannis : « Comment pouvez-vous prouver, répétait-elle, que les tableaux incriminés sont bien des faux ? » Pour Yannis la situation était inéluctable, il avait interrompu tout exercice de son art ; peut-être un jour devrait-il demander à son plagiaire d'exécuter des tableaux qu'il signerait lui-même ?

J'attendis quelques jours avant de retourner voir Lena. Malgré la fatigue du voyage, j'étais rentré plus en forme qu'à mon départ. Paris ne me réussissait pas. Un ou deux jours d'air parisien, et je me sentais de nouveau crevé. Je tournai autour de la boutique de Lena, cette fois sans le Polaroïd dans ma poche. Quand je me décidai à entrer, Juliette me lança avec un grand sourire : « Je pensais justement à vous. Vous avez meilleure mine que la dernière fois, je peux vous dire. Non, Lena n'est pas là, elle est montée se reposer, elle ne se sentait pas très bien. »

Quand je revis Lena, son bureau était redevenu un fouillis inénarrable, couvert de catalogues de vente, de factures, de dossiers et de diapos de tableaux. Je lui dis tout de suite : « Je n'ai pas apporté le Polaroïd », et elle me renvoya un regard vide, comme si elle ne voyait pas à quoi je faisais allusion. Elle s'apprêtait à partir pour Londres, où devaient se tenir, dans l'intervalle d'une semaine, trois grandes ventes d'art russe, chez Philip's, puis chez Christie's et Sotheby's. Elle avait planché pendant des heures sur leurs catalogues pour préparer la dénonciation de ce qui lui semblait faux, encerclant telle petite zone de mer trop maladroite pour avoir été peinte par Aïvasovski. Je lui demandai en quoi cet autre tableau, qui à moi paraissait crédible, était un faux selon elle. « D'abord un peu trop anecdotique pour un Aïvasovski, il raconte une petite histoire dans ce geste de la main de la femme vers l'homme, alors qu'Aïvasovski ne raconte jamais rien que la mer. Et puis il y a surtout la position de l'homme debout sur la barque, elle n'est pas vraisemblable, il ne peut pas tenir une seconde comme ça, sinon il tombe à l'eau, Aïvasovski n'aurait jamais commis cette erreur. » De but en blanc, je proposai à Lena de l'accompagner à Moscou pour récupérer les tableaux de son frère bloqués à la douane. Elle répondit du tac au tac : « Quel est votre numéro de passeport, et votre date de naissance ? Tiens, dit-elle, nous sommes nés la même année, en 1955. » Je lui dis : « C'est une bonne année, presque tous mes amis (David, Matou, et Marine qui a trahi le clan 55 en se faisant naître dans les années 60...) sont nés en 1955. » Lena cherchait un hôtel : elle ne voulait pas retourner au Rossia, où l'on avait vu son frère pour la dernière fois et où elle avait passé des journées de cauchemar lorsqu'elle avait tenté de le retrouver. Elle espérait que le Metropol, qui était un vieux palace en rénovation, serait rouvert pour notre voyage, dont elle fixait les dates du 16 au 22 décembre. Sinon il y aurait l'Ukrainia, ou bien le National, ou bien encore le Sovitskaïa. Elle appela Juliette pour faire réserver dans un de ces hôtels. « Et puis, je t'en prie, apporte-nous un peu de vodka. Il faudra que vous apportiez des photomatons à Juliette pour votre visa », ajouta-t-elle. C'était la première fois que je voyais Lena l'après-midi. J'étais aussi triste qu'elle, la vodka estompa nos noirceurs respectives.

Entre-temps Yannis était rentré à Paris pour préparer son voyage en Afrique, nous devions partir le même jour, le 16 décembre, lui pour Abidjan où il récupérerait la Land Rover acheminée par bateau depuis Marseille, moi pour Moscou. Il était prévu que je le rejoindrais avec Gertrud vers le 15 janvier, à Ouagadougou, et qu'il nous emmènerait vers le pays dogon, si ma santé le permettait. Yannis n'avait pas quitté Istanbul sans signer à son faussaire et à son homme d'affaires, devenus de plus en plus menaçants (coup-de-poing américain, nunchaku, cocktail de champagne à l'acide caustique, etc.), une décharge dans laquelle il reconnaissait être l'auteur des trente faux tableaux. Il n'y avait plus aucun frein, pour le faussaire, à continuer à en produire. Yannis serait le peintre le plus prolixe du XXIe siècle, avec une œuvre géniale et une œuvre médiocre qu'on n'aurait pas trop de mal à départager. Yannis me proposa de poser pour lui avant son départ pour l'Afrique. Il avait acheté un chevalet, et fait préparer différentes dimensions de toiles par son assistant. La nuit précédant la première séance de pose, il avait longuement regardé les portraits peints par Giacometti. Il dit que le dernier grand portraitiste a été Warhol. Il possède, dans sa chambre à coucher de Corfou, où je ne suis pas entré, quatre portraits de lui peints par Warhol peu avant sa mort. Ces portraits étaient l'objet d'un échange avec une des grandes toiles blanches de Yannis qui finalement n'a jamais pu la faire livrer à Warhol, vu qu'il était mort. Yannis avait embarqué deux des quatre portraits juste après que Warhol les eut peints, et à sa mort il fit rechercher par son galeriste allemand les deux autres portraits, qu'il acheta. Yannis, pourrait-on dire, avait fait une bonne affaire avec Warhol, et avec sa mort. Le père de Yannis, à la retraite, organisait des visites guidées pour ses anciens collègues de la banque, par petits groupes d'une dizaine. En désignant les acryliques de Warhol à moitié invisibles sous leur plastique d'emballage, il lançait fièrement : « Warhol ! Cinq cent mille dollars ! Galerie Castelli, New York ! À côté vous avez un Schnabel, très bien coté aussi, bien sûr pas autant, mais c'est un artiste vivant, c'est normal. » Le fils a fichu le père à la porte.

Maintenant Yannis me peignait mourant, une tête de mort sous un chapeau rouge avec deux yeux bleus incandescents. Il avait délayé tout un baquet de bleu pâle pour faire mes yeux. Il me proposa de me préparer des tisanes d'opium pour que je tienne le coup pendant les séances si je posais nu comme il en était question.

Je devais apporter à Lena trois photos d'identité pour le visa. Aucune photo, à l'exception du Polaroïd fait par le peintre P.F. pour mon portrait, n'avait été prise de moi depuis trois ans. J'allai au photomaton tout proche de la boutique de Lena. Les quatre photos en noir et blanc qui en sortirent étaient véritablement effrayantes. J'hésitai à les détruire aussitôt, mais il n'y avait aucun moyen possible de les refaire, et qu'elles soient plus présentables. Jusqu'à nouvel ordre, et pour toujours sans doute, j'aurais cette tête de mort effarée. J'avais gardé mon chapeau, sans ignorer que c'était contraire aux principes de la photo d'identité, peut-être parce que j'avais l'espoir secret qu'on me retournerait les photos en me refusant le visa, m'empêchant par là de partir pour un pays où sévissait la famine, où il n'y avait plus ni viande ni lait en poudre, et où l'Allemagne envoyait les renforts prévus par le pacte de Varsovie en cas d'une invasion de l'Union soviétique, le corned-beef au goût d'il y a quarante ans, les vêtements démodés, les médicaments périmés, des tonnes et des tonnes de paquets acheminés par des flics armés et des agents du KGB pour les soustraire aux mafiosi du marché noir. Je ne pourrais sans doute pas vivre de caviar et de vodka achetés avec des devises six jours durant, Zouc m'avait conseillé d'emporter une valise pleine de yaourts, de sucre, une résistance électrique pour les potages lyophilisés, des sachets de café. Je me décidai à apporter les photos à Lena, pensant aussi qu'il y en avait une de trop, qu'elle pourrait envoyer sans me le dire à la guérisseuse arménienne de Los Angeles. Lena me dit gentiment que ces photos n'étaient pas moi du tout, que mon visage était vraiment plus gai et plus vivant que ce cadavre aux yeux ouverts. Sans s'habiller, elle partit en courant sur le boulevard faire ses propres photos d'identité pour son visa, et pria Juliette d'attendre devant la machine pendant qu'elle rentrait se réchauffer avec la vodka. Quand Juliette rapporta les photos, Lena, déjà un peu soûle, se mit à hurler : « Comment, c'est ma tête à moi, cette tête-là ? Je ressemble à ça ? C'est aussi mou que ça par là, et gonflé ici ! Il est grand temps que je fasse un lifting ! »

Il y a des événements qui résistent à leur tentative de restitution par l'écriture. Cela fait trois fois que j'essaie de raconter les séances de pose avec Yannis, et trois fois sur plusieurs mois que j'ai senti la nécessité de déchirer immédiatement le papier. C'était une trahison, une banalisation, de la solennité de l'instant. J'avais un vrai mystère à raconter, donc quelque chose d'insaisissable : la fuite de la chair dans la peinture, la saignée progressive de l'âme sur la toile. Fallait-il raconter au présent ou au passé ? Revisionner l'instant pour le reconstituer dans un maximum de détails, de sensations ? N'était-il pas préférable de laisser l'épisode en blanc, plutôt que de s'escrimer à en relater un succédané, pâle, vidé de son intensité ? Je me souviens de situations ou de personnages que je n'ai jamais réussi à écrire, je me suis exercé à les raconter de vive voix, et par la parole ils se sont évaporés, il ne reste plus rien de ces récits oubliés par moi et par leurs auditeurs. Je suis assis dans l'atelier de Yannis, dos au grand radiateur qui n'est pas à la puissance maximale comme l'a prétendu Yannis, perché sur le tabouret qui finit par m'esquinter le dos, transi, de plus en plus épuisé, face au chevalet dont je vois l'envers de la toile vibrer avec son enduit blanc sous les coups de Yannis se renversant sur sa chaise pour prendre du recul en plissant des yeux, trois pinceaux à la main collés contre le front, patouillant dans les bacs de peinture blanche et épaisse comme craie à peine délayée, et noire mélangée à des écheveaux de laine, Yannis de plus en plus maculé de peinture au cours de la séance, sur la salopette vert bronze qu'il est monté mettre dès que j'ai sonné à la porte, me torturant, me soûlant pour que je tienne le coup, me demandant encore un peu de temps, brossant trois ou quatre portraits par jour puis les salopant à terre en les aspergeant d'un acide qui les ronge et me défigure, me priant de retirer mon chapeau, et moi me sentant encore plus nu, disant : « Ce ne sera pas la peine d'attaquer les nus, on les a déjà faits. » Et lui : « Je t'ai pris ton âme. » C'était un amour d'une tension extraordinaire qui passait entre ces deux regards, de celui qui fixait en peignant, et de celui qui fixait en étant peint. C'était une activité physique qui aurait rendu dérisoire l'activité érotique, qu'elle comprenait sans l'exprimer il va sans dire. Mais la même chose aurait pu être racontée tout à fait autrement, elle aurait pu prendre dix pages tout autant que quelques lignes lumineuses qui auraient tout raconté mais que je n'ai pas trouvées. C'est le hasard et le désespoir de l'écriture qui ont figé ainsi cet épisode, jusqu'à ce que je le déchire et le recommence, à jamais, toujours le même, jusqu'à la folie, jusqu'au silence.

J'ai dit à Yannis : « Il y a un an, à la même époque exactement, il faisait aussi froid que maintenant, et comme maintenant je traversais chaque après-midi Paris en autobus, malgré mon épuisement déjà, identique ou presque à celui qui survit aujourd'hui, pour me rendre, en traversant les ponts du canal Saint-Martin, dans la chambre de bonne, au septième étage sans ascenseur d'un immeuble pouilleux, chez un jeune peintre déjà, qui ne me peignait pas, mais chez qui j'allais simplement dormir, sur son petit matelas posé dans un coin à même le sol, essoufflé et épuisé par la montée de l'escalier, tandis que lui continuait ses tâches, raclait, vaporisait l'acrylique, recouvrait la figure qu'il avait peinte la veille pour la recouvrir par une autre figure. J'aimais beaucoup ce jeune homme, mais je n'étais pas amoureux. Je suis allé chez lui tous les après-midi pendant plus d'un mois, et c'était une grande joie chaque fois de le retrouver, il me faisait du thé, nous écoutions les Cocteau Twins, j'étais heureux comme tout, quand nous redescendions ensemble, de le voir prendre chez le concierge un gros paquet de courrier, des lettres de sa sœur dont les enveloppes étaient couvertes de découpages, de ses parents, de ses amis du cours de peinture, je guettais la lumière à sa fenêtre quand je traversais ce pont du canal Saint-Martin qui me conduisait chez lui, et j'étais parfois horriblement triste quand la fenêtre du milieu sous les combles était éteinte, c'était un jeune homme qui m'avait écrit et à qui j'avais répondu, à un moment où les lettres étaient rares, et je croyais que cette amitié avec ce jeune homme durerait toute notre vie, qu'il vivrait avec moi, qu'il peindrait chez moi, que je saccagerais tout mon appartement pour qu'il soit à l'aise en peignant. Je l'ai invité à venir passer quelques jours à Rome à la Villa. Je suis allé le chercher à l'aéroport. J'avais hâte de le retrouver, je n'avais pas le moindre soupçon de ce qui allait se passer. Je l'attendais, l'avion avait du retard, des Anglais débarquaient à la place des Français, massés derrière la baie vitrée autour du tapis roulant vide et immobile. J'ai vu arriver le jeune homme de très très loin, au passage du contrôle des passeports, à des dizaines et des dizaines de mètres de moi, un point minuscule mais identifiable de ma vision, et aussitôt, de façon totalement imprévue, il m'a répugné et je me suis senti faire une grimace si violente que j'ai dû la cacher en m'esquivant hors de la surface vitrée, derrière un pylône. J'ai joué par correction la comédie de l'amour pendant une semaine, alors que le dégoût n'est allé qu'en s'amplifiant. Je n'ai plus jamais revu ce jeune homme après notre retour de Rome. — Ça va se passer exactement comme ça pour moi, me dit Yannis, en ce moment tu m'aimes, et d'un moment à l'autre je te dégoûterai, tu n'aimeras plus ma peinture, tu n'aimeras plus les portraits que je fais de toi ni l'amitié que j'ai pour toi. »

Suis repassé voir Lena. D'après Juliette on aurait obtenu les visas. Elle me demande de lui faire un chèque en blanc. C'était complet à l'Ukrainia, nous descendrons quand même au Rossia, d'où Vigo a disparu. Lena me conseille d'emporter de l'eau minérale, au moins pour les premiers jours, le temps de dégotter au marché noir une eau qui ne file pas la chiasse. Elle me dit que la galerie Tetriakov est fermée, pour une durée indéterminée. Elle me dit qu'il fera moins dix degrés et que je dois avoir des bottes fourrées que j'achèterai au Vieux Campeur, avec des chaussettes de soie, et un bonnet à oreillettes bleu chinois. Lena m'apprend que nous serons à Moscou le 20 décembre, jour de l'anniversaire de Vigo. « Il va avoir quarante-trois ans », dit-elle sans y croire le moins du monde. Elle prévoit de lancer, depuis la place Rouge, deux cents ballons avec cette étiquette : « Vigo, nous t'aimons. » Je dis que c'est toujours possible d'emporter des ballons dégonflés, que j'irai les acheter chez Ruggieri, mais qu'il faut l'hélium. Juliette dit que le lâcher de ballons serait envisageable, à condition que nous partions avec elle, et avec Josef. Je dis à Lena que j'ai peur qu'on ne m'arrête à la douane en me confisquant mon médicament. Elle examine le sachet de poudre, le soupèse, et dit : « Je dirai que c'est du lait en poudre. » D'après ses récits nous crèverons de faim, et nous rapporterons des kilos de caviar à la place des litres d'eau potable. Elle est tout en rose, elle est toute petite, elle boit du cognac, et je me demande soudain ce que j'irais faire à Moscou en temps de disette, par moins vingt, avec cette femme.

Ça barde entre Yannis et Gertrud. Elle lui a dit qu'il n'y avait plus d'argent sur le compte à la banque. Il vend ses tableaux 700 000 F pièce, et il en fait vingt par mois, mais il n'y aurait plus d'argent à la banque. Elle réclame cinq mille dollars cash pour ses cadeaux de Noël. Il refuse. Il dit : « On a un million de dollars en Allemagne à la galerie, il suffit de les faire venir. » Gertrud réplique : « Le fisc français va nous coincer. » Yannis exige un homme d'affaires. Gertrud refuse. Elle veut tout faire elle-même : la cuisine, le ménage, les comptes. Elle lui dit : « Vingt tableaux d'Hervé en cinq jours, ça doit être une sacrée merde. » Jules me dit la même chose. Ils sont jaloux. La pop star est venue à Paris pour tenter de récupérer le tableau que Yannis a déjà vendu à un autre collectionneur, elle lui demande ce qu'il est en train de faire, Yannis répond : « Des portraits d'Hervé. » La rock star culturiste dit à Yannis qu'elle serait prête à payer très cher pour qu'il lui fasse son portrait, Yannis prétend qu'il lui a répondu : « Je ne fais pas le portrait de n'importe qui. » Yannis me demande si Jules est jaloux de lui, de notre travail, de nous. Hier soir j'ai avoué à Jules que je baisais avec Yannis. C'est faux. Du coup nous avons rebaisé ensemble, Jules et moi, alors que nous ne baisions plus depuis au moins six mois. C'était étrange, habituel et intense.

Yannis donnait ses rendez-vous d'affaires près de son atelier, à la piscine Marcel-Cerdan rue David-d'Angers, dans le XIXe arrondissement. Son notaire, son banquier, son marchand allemand, les policiers pour l'affaire des faux, devaient se succéder en maillot de bain ou en peignoir parmi les classes d'écoliers. Pour réclamer un prêt de cinq cents millions à son banquier, Yannis fixait la ligne un peu replète et grise de poils de son ventre, ou alors il détaillait avec curiosité les motifs vieillots du caleçon de son notaire avec l'air de dire : « Mon vieux, ça fait au moins cinquante ans qu'on ne fait plus de maillot comme ça, je vous le rachète pour le musée d'Art moderne. » Visé à l'abdomen et comme pris en faute par la preuve de ses déjeuners excessifs, le banquier casquait. Le marchand allemand, avec lequel Yannis discutait des pourcentages de la vente de ses tableaux, augmentant régulièrement les siens pour abaisser ceux de son partenaire, ne se départait jamais d'un peignoir blanc monumental ourlé de rouge, sous lequel il gardait ses culottes de golf en feutre bouffantes sur le haut et boutonnées sur le côté, il troquait simplement ses bottines ferrées pour des sandales en caoutchouc tricolore qu'il avait fait chercher par son assistant dans un Prisunic, le marchand allemand détestait dépenser de l'argent pour de petites choses comme ça. Il perdait déjà au moins plusieurs millions de dollars à chacun de ses rendez-vous à la piscine Marcel-Cerdan, il essayait d'en réduire le nombre au cours d'une année. Et quand il retrouvait son chauffeur à la porte de la piscine, ses pauvres sandales caoutchoutées à la main, son heaume de défaite en éponge rageusement roulé en boule dans l'autre main, plumé jusqu'à l'os, le carnet de chèques en berne, il se défoulait sur le chauffeur en le traitant de rat et d'homme impitoyable, alors qu'il se figurait le peintre resté à la piscine pour recevoir les policiers. Yannis bloquait ainsi une demi-journée de rendez-vous par mois pour ses affaires. Les policiers étaient les seuls à plonger avec gaieté dans le grand bain, le notaire ne voulait pas qu'on sache qu'il ne savait pas nager. Les flics de la brigade internationale de lutte contre le vol ou la falsification des œuvres d'art redevenaient de vrais gosses, ils avaient laissé au vestiaire leurs lodens verts fendus jusqu'aux omoplates et fait claquer l'élastique de leurs maillots de bain sur un bedon aussi important que celui du banquier, mais que Yannis ne pouvait prendre en faute, et ils empruntaient leurs tubas aux écoliers, ils se mettaient des pince-nez pour plonger, ils pataugeaient, ils criaient des jurons, ils batifolaient en faisant plouf et des vaguelettes. Ils se sont levés à quatre heures du matin pour aller dans le nord de la France récupérer un Goya volé. Ils ont roulé toute la journée, le Goya est maintenant dans un coffre-fort de la police judiciaire, ils se détendent. Yannis a le costume de bain le plus étonnant de toute la piscine : un maillot d'enfant, imitation ocelot, en fausse peau mouchetée toute râpée, qui lui serre la ceinture et lui écrase l'entrejambe. Il le portait déjà à Corfou, quand il était adolescent et qu'il faisait de la pêche sous-marine, le farcissant de poulpes agonisants dans lesquels il enfouissait son petit sexe dur, qu'il avait honte à voir dépasser de son maillot, soit sur le côté contre la cuisse soit en soulevant l'élastique sur le ventre. Quand il se baignait avec Dora il n'osait plus sortir de l'eau, jusqu'à ce que son sexe dégonfle, par crainte que les parents de Dora sur la plage ne le voient, et plus il se concentrait pour débander plus son sexe redurcissait. En apnée il avait plongé entre les jambes de Dora, s'était accroché à ses cuisses et lui avait retiré son maillot pour voir sa vulve d'un rose de coquillage inoubliable sous l'eau. Les policiers disent à Yannis : « On peut faire quelque chose pour vous ? Vous avez besoin de quelque chose ? — Oui, répond Yannis, d'un peu de cocaïne. »

Depuis trois ans, Yannis touchait de l'argent pour les droits de suite de ses faux tableaux vendus en salle des ventes à Versailles. Gertrud, qui épluchait les relevés de la banque, n'y avait pas prêté attention. Quand Yannis voyait passer dans un catalogue de vente une reproduction en noir et blanc d'un de ses soi-disant tableaux, lui non plus n'y prêtait guère attention, sans doute gêné et honteux de la mauvaise qualité apparente du tableau, dont il avait oublié l'existence, il pensait seulement : « Où est-ce qu'ils sont allés chercher ça ? Dans une poubelle peut-être. C'est peut-être un des mauvais doublons que j'ai détruits, ou un tableau que j'aurais offert à une ex-fiancée, et qu'elle aurait le culot de repasser en salle des ventes. » L'enquête menée par les policiers avec l'aide de Yannis dévoila que c'était une femme paralysée, clouée sur une chaise roulante, mais qui venait d'accoucher, qui était à l'origine de ce trafic de faux tableaux. Collectionneuse de Yannis, dont elle détenait un vrai tableau, elle avait joint diverses galeries, dont cette galerie A.S. à Toulouse, pour savoir s'ils n'avaient pas par hasard un Yannis en stock. Un certain M. Kamer, qui dirigeait cette galerie, avait répondu qu'il n'avait aucun Yannis disponible, mais qu'il connaissait le moyen de s'en procurer. Le temps en fait de faire trimer son ami B., le peintre raté, à la production de trente faux Yannis de toutes les époques. Rappelant la femme paralysée au bout d'un mois, M. Kamer lui avait dit : « J'ai dégotté un fonds de trente Yannis, qu'un collectionneur serait prêt à me céder, quel prix pourriez-vous mettre ? » Croyant faire une bonne affaire, la femme paralysée proposa à M. Kamer d'en acheter un au prix fort de 500 000 F, et de garder les autres en dépôt pour les revendre à des amis ou les faire passer en salles des ventes. Ainsi la femme paralysée se trouva-t-elle pendant trois ans receleuse de faux tableaux, plaque tournante d'un trafic dont elle n'aurait eu selon ses dires aucun soupçon. Tous les gens impliqués dans cette affaire sans exception, le peintre raté, son marchand véreux, la femme paralysée comme le commissaire-priseur ou l'expert de la salle des ventes de Versailles s'effondrèrent en larmes, à un moment ou l'autre de l'enquête, soit devant les policiers soit devant Yannis, alors qu'au début ils l'avaient tous pris de haut, avec une certaine arrogance, en riant au nez de Yannis, ou en le menaçant. Le commissaire-priseur de Versailles lui avait dit : « Vous devriez être content que je vende vos croûtes à ces prix-là, ça va faire monter votre cote. » La femme paralysée, comme me l'avait raconté son ami le peintre P.F., avait d'abord prétendu qu'il s'agissait d'œuvres de jeunesse et que Yannis souhaitait nier leur existence et les faire détruire puisqu'il ne pouvait plus en tirer aucun profit.

Le mardi 11 décembre, Gertrud passa à l'atelier pour voir les tableaux, personne ne les avait encore vus sinon Jules le tout premier chez moi, le vieil enfant au chapeau de clown, qui lui avait donné le fou rire. Yannis venait d'inscrire au fusain le numéro 25 encerclé de noir au dos du tableau qu'il avait repris de la veille, et qui serait peut-être le dernier. En une semaine il avait peint vingt-cinq portraits de moi, alors qu'il n'avait encore jamais fait même aucun dessin de Gertrud, sinon en girafe décapitée, depuis sept ans qu'ils vivaient ensemble. Ne serait-elle pas jalouse de tous ces tableaux alignés en ordre contre une des grandes toiles de pluie de Yannis ? Ces toiles de déluge striées à la tronçonneuse, avec leurs fumerolles et leurs délicates nuances de couleur, des roses très légers de buées d'eau, des verts imperceptibles de vestiges d'arc-en-ciel, m'avaient accompagné pendant le travail. Pour me détendre les jambes entre deux suspensions de la pose, je faisais les cent pas dans l'atelier en fumant une cigarette, et je finissais toujours par aller me planter devant une de ces grandes pluies de deux mètres sur trois, levant la tête pour la contempler, me reculant, me rapprochant, effleurant sa matière du bout de la paume, rêvassant dans l'abîme de ses couleurs. Gertrud m'avait téléphoné la veille pour me conseiller de réserver le même vol qu'elle pour Ouagadougou, le 16 janvier, sur Air Afrique. Le marchand allemand de Yannis devait aussi nous accompagner, j'imaginais mal le trio en route pour Ouagadougou, le marchand de tableaux de Cologne avec ses pantalons de feutre à boutons, le squelette avec son chapeau rouge, et la girafe décapitée. « S'il y a la guerre le 15, ajouta Gertrud, tu sais qu'il y a cet ultimatum des États-Unis fixé au 15 pour l'embargo, je n'irai pas, ce serait trop risqué, toi tu feras ce que tu voudras avec Yannis. » Elle m'avait demandé pour lui les coordonnées de mon médecin car il avait besoin, pour des histoires d'assurance, de certificats de bonne santé. Yannis arriva très nerveux à l'atelier ce mardi 11 décembre, tendu comme je ne l'avais jamais vu. En avance, pour me protéger du grand froid, je guettais son arrivée sur une banquette du Café parisien, place du Rhin-et-Danube où, venait de me dire la vieille chauffeuse de taxi, s'élevait encore deux ans plus tôt l'hôpital Hérold, un très vieux bâtiment, qui accueillait les enfants malades. Je regardais la bande rouge de la boutique de vidéo qui faisait défiler les titres des films : *Face à la mort 3, L'Ange des ténèbres, Mémoire d'une nuit de galère, Embrasse-moi, vampire, La rivière de la mort, Calme blanc.* J'avais aperçu Yannis descendre du 75, avec la casquette qu'il m'avait dit ne plus jamais mettre, et se diriger d'un pas hâtif vers l'atelier. J'avais apporté une bouteille de champagne pour trinquer avec Gertrud, et, qui sait, fêter l'issue de notre travail. Yannis était à cran. Il avait passé la journée de la veille avec les policiers de la brigade internationale spécialisée dans les vols d'œuvres d'art et dans les faux, de leur bureau ils l'avaient trimbalé à Versailles chez le commissaire-priseur, puis chez cette femme paralysée qui avait recelé les tableaux. Yannis avait à peine eu le temps de repasser au ministère de la Coopération, où il avait réclamé des laissez-passer pour les frontières de la Côte-d'Ivoire, du Burkina Faso et du Mali. Les responsables, après les lui avoir promis, les lui refusaient : ils disaient que c'était une folie de voyager en Afrique par ces temps d'insurrection, où la guerre de surcroît couvait à côté. Dans le désert, les Touaregs menaçaient de prendre le pouvoir. Les coups d'État pleuvaient dans les États voisins. Le même jour, son marchand allemand dit à Yannis au téléphone qu'il renoncerait à lui rendre visite si les États-Unis envahissaient l'Irak à la date de l'ultimatum, fixé au 15 janvier. Comme Gertrud, il avait réservé sur le vol Air Afrique du 16, pour pouvoir se décommander à la dernière minute. Le marchand français, lui, craignait l'effet de crise engendré par cette menace de guerre, plus aucune œuvre d'art ne se vendait, chez Sotheby's, les Van Gogh de Liz Taylor et les Renoir d'Alain Delon restaient sur le tapis, on réduisait les effectifs de 10 % chez Christie's. Yannis aussi avait peur de voir sa cote dégringoler, il avait fait racheter un de ses tableaux 150 000 dollars dans une vente à New York, par l'intermédiaire de son marchand allemand. Et il avait peur de perdre la tête à force de prendre cette Nivaquine qui, disait-on maintenant, ne protégeait pas seulement du paludisme, mais rendait fou. Tout s'écroulait. Le marchand français ne voulait plus coproduire le livre de lithographies, qui allait revenir à plus d'un million de francs, il ne voulait même pas prendre en charge la location de la presse et de la main-d'œuvre. Yannis devait donner ses dessins aux ouvriers pour les payer. Son banquier voulait interrompre le prêt qu'il lui avait accordé pour les travaux de son nouvel atelier dans le Marais ; il ne parvenait pas à liquider l'ancien. On sonna à la porte, nous étions sûrs que c'était Gertrud. Yannis avait repris un grand tableau, le plus grand de tous, commencé la veille, un fusain parfait dans un brouillis jaune, que son énervement avait commencé à abîmer ou à détruire méthodiquement. Nous avions bu de la bière en attendant Gertrud et le champagne. J'allai ouvrir la porte de l'atelier, comme c'était moi qui montais l'escalier ardu de la mezzanine pour répondre que Yannis n'était pas là, à sa maîtresse espagnole ou au marchand de Bogota qui demandait d'être rappelé au Hilton. En plus du modèle de Yannis, j'étais devenu son secrétaire, tout comme Gertrud, mais elle n'avait pas été son modèle. Il n'en avait jamais été question, car Yannis n'avait jamais peint de portrait, sauf ce dessin allégorique de Gertrud en girafe décapitée, drôle de façon quand même de la représenter. Je n'avais pas revu Gertrud depuis Corfou. J'avais préparé une phrase idiote pour l'accueillir : « Bonjour monsieur. » En fait, quand j'ouvris la porte, c'est bien à un homme que je m'adressai, un jeune junkie à la peau violacée qui cherchait soi-disant le centre Didro, mais jeta un coup d'œil insistant en direction des grandes toiles de Yannis accrochées aux murs. Gertrud arriva pour de bon dix minutes plus tard, sublimement élégante, toute en noir, avec un décolleté en V sur son torse gracile, une longue écharpe de soie bleue, des bas teintés, timide, marchant maladroitement sur de trop hauts talons, ses cheveux étaient rassemblés en un petit chignon alors que je l'avais toujours vue avec des queues-de-cheval, ou les cheveux libres. Je ne parvenais pas à raccorder cette image avec celle que j'avais gardée d'elle au bout de cinq jours de vie commune à Corfou : celle de la grande bringue, pieds nus dans la maison ou en épaisses chaussettes tricotées, portant des chandails qui lui tombaient jusqu'aux genoux et des seaux pour l'auge des cochons. Gertrud, en prenant garde de ne pas montrer qu'elle avait hâte de voir les portraits, avec peut-être un certain ressentiment, alla embrasser Yannis d'un seul coup tout petit, comme un enfant que sa jeune mère splendide baise sur le front. Elle voulut poser ses affaires sur une chaise, et la grande écharpe bleue et la cape noire tombèrent immédiatement sur le sol ordurier de l'atelier, elle fit mine de ne pas s'en apercevoir pour examiner un par un, les bras croisés, les tableaux que Yannis avait fait classer par son assistant dans leur ordre chronologique. La nouvelle grande toile sur le chevalet était de plus en plus désastreuse. Nous regardions Gertrud qui regardait les portraits, nos portraits. Sa mâchoire se crispait, mais elle ne voulait rien laisser percer. Il était évident qu'elle haïssait les tableaux, qu'elle me haïssait d'avoir poussé Yannis dans cette démarche, et qu'elle le haïssait de s'y être soumis au point de faire vingt-cinq tableaux en l'espace de dix jours. Elle haïssait leur diversité, leur taille, elle les aurait crevés du bout de ses talons aiguilles. Elle laissa juste tomber, de la voix la plus froide possible : « C'est moins pire que ce que j'imaginais. » J'allai ramasser les affaires de Gertrud salies par la peinture fraîche, la poussière, les mégots de Yannis. Il ouvrit le champagne. Gertrud était assise à ma gauche, sur le tabouret où j'avais posé. Yannis, tassé de l'autre côté de la table où s'étaient amoncelées les bouteilles vides de champagne et les canettes de bière que nous avions descendues pour tenir le coup, attrapa une des petites toiles enduites de bleu ciel qui m'était destinée, et se mit à dessiner Gertrud au fusain, tout en me parlant. Gertrud fit comme si elle ne se rendait compte de rien. J'étais ébloui par sa beauté. C'était à moi maintenant d'être jaloux d'elle, car ce n'était plus moi que Yannis regardait et dessinait, et je ne pouvais plus me laisser hypnotiser par Yannis en train de me regarder et de me dessiner, parce que son regard était captivé par une autre familiarité que la nôtre. « Je pourrais faire un nu de Gertrud les yeux fermés, dit-il, parce que je connais par cœur et au toucher chaque détail de son corps. » Je prétendis que j'avais un dîner pour échapper au couple. Je me pointerais à l'improviste chez Robin, ce qui n'était pas dans nos habitudes. Yannis supputa que je mentais et que je me faisais déposer à une adresse fictive, cette rue Barbanègre à laquelle personne ne croyait, surtout pas les chauffeurs de taxi noirs. C'était la dernière soirée de Yannis et Gertrud, elle partait le lendemain pour les Pays-Bas passer son permis. Je lui avais chuchoté : « Ne pars pas ! » Elle m'avait demandé pourquoi. Et j'avais fait le geste dans le dos de Yannis, qui nettoyait ses pinceaux, que sans elle, un enfant perdu, il se ferait brûler la cervelle. Maintenant je regrettais d'avoir fait ce geste parce que je savais que Gertrud le raconterait à Yannis, et qu'il me le reprocherait. Y aurait-il une autre séance de pose ?

Le dimanche 16 décembre, je voyageai avec Lena sur le vol Air France Paris-Moscou AF 734. Nous nous étions levés l'un et l'autre à cinq heures du matin, et nous étions retrouvés devant l'enregistrement à Roissy. Lena avait passé toute la nuit à remplir sa valise à la lueur d'une bougie, en enfilant des petits gobelets de vodka, de nourritures de survie, de plaquettes énergétiques achetées par Juliette au Vieux Campeur. Juliette dormait-elle dans leur lit ? C'est elle qui a accompagné Lena à l'aéroport, à six heures du matin. Lena serait de toute façon en retard, déboulant avec affolement dans la file d'attente, toute mauve, avec son bonnet de fourrure sur la tête, ses bottes antidérapantes, suivie par Juliette, habillée en skieur, qui portait son énorme valise, déjà douteuse au départ. J'étais passé la veille à la galerie retirer mon visa, mon billet, et apporter les cent ballons multicolores pour les lâcher avec Lena sur la place Rouge, le 20 décembre, jour de l'anniversaire de Vigo. J'étais allé me renseigner chez Ruggieri s'il existait de petites bombes d'hélium sous pression qui permettraient de gonfler au moins quelques ballons. Mais non, il n'y avait que d'énormes bonbonnes, très lourdes, que je soupesai dans l'arrière-boutique en imaginant Lena à l'aéroport avec la bouteille d'hélium sanglée sur le dos comme un sac à dos, ces grosses bonbonnes de location, pour gonfler cinquante ou cent ballons, et qui de toute façon étaient toutes réservées pour Noël. Je rencontrai justement une de ces personnes qui était venue chercher, contre une caution de mille cinq cents francs, sa bouteille d'hélium : une femme avec des lunettes noires, un manteau de fourrure noire, et un accent à couper au couteau, elle était accompagnée d'enfants excités. Je demandai à la vendeuse si elle aurait la gentillesse de me gonfler un ballon que nous lâcherions sur-le-champ, devant la galerie, boulevard de Vaugirard, vers le ciel gris glacé saturé de neige qui tardait à tomber. J'hésitai à réclamer un ballon rouge, mais je vis dans le miroir qui donnait dans l'arrière-boutique qu'elle avait choisi d'elle-même le ballon rouge que je souhaitais. Je lui dis en riant qu'on allait lâcher ce ballon pour retrouver un homme disparu, elle ne me crut pas. Quand j'entrai dans la boutique avec les cent ballons dans leurs sachets et le ballon rouge gonflé, Lena était en train de camoufler sous son bureau le gobelet plein à ras bord de vodka. Je lui donnai le ballon rouge et aussitôt, avec un petit piaillement, elle le lâcha. Le ballon alla se cogner au plafonnier, contre un des spots lumineux qui menaçait de le faire exploser. Juliette alla chercher le pic de fer qui lui servait à descendre le store. A peine eut-elle frôlé le ballon avec le pic qu'il se désintégra, il n'était plus question d'envoyer ce vœu pour Vigo. Lena me dit que sa mère n'arrêtait pas de lui envoyer des fax de Jérusalem pour la tenir au courant des démarches qu'elle entreprenait, auprès de voyantes et de derviches, pour retrouver son fils. Depuis qu'elle avait compris le maniement du fax et qu'elle s'en était acheté un, elle bombardait sa fille de photocopies. Le dernier compte rendu, qui l'avait amenée dans un quartier arabe de Jérusalem où aucun chauffeur de taxi ne voulait plus s'aventurer, chez un vieux cheikh magicien, affirmait qu'on reverrait Vigo, mort ou vivant, dans un délai de vingt et un jours. Le voyant avait dit que Vigo avait reçu un terrible coup sur le crâne qui lui avait fait perdre la mémoire, et qu'il était soigné par cinq personnes, qui étaient en même temps ses gardes-chiourme, dans une sorte d'hôpital qui n'en était pas vraiment un, au bord de la mer. Cette thèse accréditait un peu celle de la soute de navire lancée par la voyante arménienne de Los Angeles. Lena, qui m'avait donné la veille pour mon anniversaire une encre de Chine des années 50 qui représentait un enfant en casquette dont j'avais vu tout de suite qu'il était pur, brutal, et intelligent d'une souffrance particulière, me montra des études du peintre, Lavrenko, qui avait fait ce portrait, un jeune homme dans un atelier avec une valise. Lena me dit : « Le tableau s'appelle *Étude pour l'Adieu.* Ces études sont souvent plus belles, n'est-ce pas, que les tableaux finis ? » J'avais l'impression de réentendre une réflexion écrite dans mon dernier livre. Je demandai à Lena si elle consentirait à me vendre ce tableau au début de l'année prochaine, et à quel prix. Elle consulta une liste, et me répondit : « Pour vous, 30 000. »

Lena éclata de rire quand elle me reconnut enfin dans la file d'attente de l'enregistrement : moi aussi j'étais allé au Vieux Campeur, j'avais acheté des bottillons doublés de laine de mouton, des croquettes de survie pour les cosmonautes ou les alpinistes blackboulés dans les avalanches, et à la Compagnie de la Chine et de l'Orient j'avais trouvé un bonnet chinois bleu doublé d'une fourrure soyeuse que la vendeuse me dit de lapin et mes amis de chat, ainsi que des moufles du même bleu et de la même fourrure. En plus du pack familial de seize yaourts Bio au goût framboise que m'avait conseillés Zouc, des deux rouleaux de papier hygiénique à la rose que m'avait conseillés Anna, et l'eau minérale Lena, je n'avais emporté comme livre que l'œuvre autobiographique de Strindberg réunie en un volume au Mercure de France. Rien pour écrire moi-même, j'avais trop peur que l'inspectrice bilingue, déguisée en femme de chambre, de l'hôtel Rossia, ne recopie au fur et à mesure mon journal. Six jours sans écriture, nourri au yaourt et au potage lyophilisé réchauffé avec une résistance dans un verre à dents infesté de bactéries. Lena avait tenu à prendre dans son sac à main, pour passer la douane, les sachets de médicaments qui reculaient l'échéance de ma mort. Dans l'avion, je tombai au hasard sur une page de Strindberg, qui avait un lien évident avec tout ce que j'avais écrit depuis deux mois : Strindberg se sentait persécuté par une bande de faussaires.

Lena s'est fait fouiller à la douane de l'aéroport à l'arrivée à Moscou. Ils ont immédiatement saisi les douze sachets du médicament qui me tient provisoirement en vie, ils ont lu sans comprendre les indications en anglais, en allemand et en français de l'étiquette, ils allaient ouvrir un des sachets pour en examiner le contenu, éventuellement le goûter ou le faire analyser. Mais Lena le leur a arraché en disant que c'était du lait en poudre, et elle a remis les douze sachets dans son bagage à main.

Je porte le manteau de fourrure que Yannis a fait confectionner par un tailleur parisien d'après l'original du manteau que Sir Chaplin s'était fait faire en 1921, pour présenter *Le Kid* en Alaska, en compagnie de Jackie Coogan. L'un et l'autre sont plus petits que moi et les tuyaux osseux de mes bras dépassent des manches trop courtes. Je porte des chaussettes et des sous-vêtements de soie doublés de sous-vêtements de laine. Le bonnet chinois bleu ne me va visiblement pas, j'aurais plutôt dû emporter mon chapeau rouge et mettre une cagoule par-dessous. Il fait moins sept. Une limousine nous attendait pour nous conduire à l'hôtel Rossia, où Vigo est apparu pour la dernière fois. J'habite d'ailleurs dans sa chambre, car il n'y a que deux chambres potables au Rossia, m'a expliqué Lena, et elle ne veut plus descendre dans celle de son frère. Je n'ose pas regarder les yeux des gens que je croise dans la rue, car aussitôt je pense que leur ventre crie famine et que mon regard dénonce la satiété du mien.

Je porte le manteau de Yannis à Moscou, il porte mon maillot de bain à Mopti, le port des pirogues. Je lui ai donné, pour mettre ses grands formats, la valise en zinc achetée il y a trois ans pour Rome, que je n'ai jamais pu soulever une fois remplie. Dans la chambre 14 de l'hôtel Rossia, tremblant de froid, sans eau vraiment chaude pour prendre un bain, devant un téléviseur qui ne fonctionne pas, Strindberg me tombe des mains, j'essaie d'imaginer Vigo dans l'espace identique, les jours qui ont précédé sa disparition. J'essaie d'imaginer que je suis Vigo, de même que Lena, dans la chambre 21, l'est déjà devenue, et depuis longtemps. Je commence à ressentir la faim commune. Depuis deux jours je ne mange que du caviar que l'avocat de Lena lui procure au marché noir. J'ai rêvé d'ananas, comme un Russe. Lena cavale toute la journée, rendez-vous avec la police, le KGB, les douaniers pour le lot de tableaux qu'elle soupçonne avoir été revendus. Elle m'a montré, garée en face de l'hôtel, cette voiture américaine noire avec les deux hommes qui la suivent à chacun de ses déplacements. Je n'arrive pas à savoir si je suis moi aussi suivi, je n'ai pas l'œil pour ça, pas l'habitude, et j'ai peur de me retourner. Je passe tous les après-midi sur le coup de 17 heures dans un café pédé proche de l'hôtel dont Jules m'a donné l'adresse, un café tout rose avec des gens très tristes, de petites tables rondes avec des nappes, des abat-jour orangés, on y boit un thé infect. Les garçons me regardent beaucoup, évidemment, je pense avec effroi. Je garde mon manteau de fourrure par crainte de ne plus pouvoir le remettre sans aide, il est tellement lourd ce manteau de Sir Chaplin. Et je suis sans mon Jackie Coogan. Je n'ai rien à faire ici. J'hésite à repartir, ou à aller à Leningrad, visiter au moins l'Ermitage. Tous les soirs je retrouve Lena à huit heures au bar de l'hôtel. Nous buvons de la vodka, ça va tout de suite mieux. Et nous partons dîner à pied chez deux vieux Arméniens que connaît Lena, et qui nous servent des galettes de fromage. Yannis m'a dit qu'il m'écrirait, et m'a demandé de lui répondre, peut-être aurai-je déjà des lettres de lui à mon retour à Paris, je serais heureux. Je repense à ses tableaux et à nos séances de pose, elles me manquent. Peut-être ai-je aimé Yannis sans m'en rendre compte. Je cache ces feuilles volantes en les pliant en quatre dans les poches de la veste que je ne quitte jamais.

Yannis a improvisé un testament avant de partir pour l'Afrique. Il a convoqué son notaire à la piscine, mais comme il ne s'agissait pas d'une tactique d'humiliation à mettre en jeu, le notaire a juste enfilé le peignoir que lui tendait Yannis sur son costume trois pièces, en refusant la clef de la cabine. Sans réfléchir, au bar de la piscine, Yannis a nommé Gertrud comme héritière, à condition qu'elle comble ses amis de cadeaux. « Gertrud sait pertinemment qui sont mes vrais amis », a ajouté Yannis. Il a peur de se faire tuer par des Touaregs qui font la guerre pour récupérer leur territoire dans le désert. Les Touaregs ont été massacrés par une expédition française au début du siècle, et depuis ils n'aiment pas trop les Blancs qui parlent cette langue-là.

L'évidence, c'est que personne ne nous suit, ni Lena ni moi, personne ne nous surveille, personne ne nous protège, personne ne s'intéresse à nous, voilà la vérité. Lena préférerait mourir plutôt que d'en convenir, cette idée la rendrait folle. Le soir elle pousse le deuxième lit ainsi que la commode contre la porte de sa chambre, et prépare la bombe lacrymogène sur la table de nuit. Elle va rêver qu'un vieil homme, entré par l'opération du Saint-Esprit, lui chuchote : « Je suis là, je suis là », et elle ne peut pas se retourner dans son lit, elle est paralysée. Il n'y a plus de viande à Moscou, plus de cigarettes, plus de fuel, plus rien pour faire marcher et réchauffer les suiveurs professionnels, plus rien à mettre dans leur limousine, plus d'huile, l'idée même de suivre quelqu'un n'aurait plus aucun sens, il y a d'autres urgences. On parle d'abattre tous les chiens, pas pour manger la viande, mais on ne peut plus les nourrir. Même affamé un chien ne mange pas du chou congelé. L'argent ne vaut plus rien. On paie en devises, en saucisses, ou en paquets de cigarettes. En sortant du Rossia, quand Lena a un rendez-vous soit à la police soit au KGB, où on lui dit qu'il n'y a plus rien à espérer, et où elle les accuse de bloquer des informations, je monte dans le premier taxi de la longue file interminable, silencieuse et plombée, comme soudée pare-chocs contre pare-chocs sous la neige. Les limousines du KGB doivent être bâchées dans un grand entrepôt froid et désert, arpenté par un unique veilleur aux cils et aux sourcils blancs de givre, aux lèvres collées par le froid. On fabrique un mauvais alcool qui tuerait dit-on, une sous-gnôle, le *samagone.* On raconte tant de choses ici. Que l'armée prépare un coup d'État, et détourne les aides alimentaires qu'envoie l'Occident. Lena m'a invité à venir voir dans sa chambre une interview de Gorbatchev, elle traduisait au fur et à mesure.

Gorbatchev parlait d'un « sabotage économique ». Ensuite le chef du KGB décrétait que ces fonds de nourriture livrés par l'Europe étaient tous pourris, ou radioactifs. J'ai vu sur la table de Lena ses amandes, son chocolat, ses sachets de café et de thé, son eau minérale française, sa bouteille de cognac, sa bombe lacrymogène.

Lena m'a emmené dîner chez son avocat, ce sont des gens aisés qui habitent dans un faubourg résidentiel de Moscou. Je suis passé la chercher dans sa chambre. Au moment de partir, elle a pris la bouteille de cognac entamée sur la table de nuit, en disant : « En temps normal je n'aurais jamais pu apporter une bouteille de cognac entamée chez mon avocat, mais par les temps qui courent, même entamée ce sera une aubaine. » Il y avait un saucisson à manger, en tout et pour tout, pour nous quatre, la femme de l'avocat a dit d'un air gêné : « Partagez-le, moi je n'ai pas trop faim. » Quand on lui a mis le tiers du saucisson dans son assiette, Lena a dit : « Je ne pourrai jamais manger tout ça, c'est énorme. » Alors la femme de l'avocat a dit, d'un air pudique cette fois : « Eh bien je vais le manger ! » C'est vrai que la bouteille de cognac entamée avait fait sensation. À la fin de la soirée, Lena a proposé que nous passions rendre visite à son vieux professeur de littérature, qui habite le même quartier, et elle a remporté pour lui le fond de la bouteille de cognac. Le vieux professeur de littérature était très gai, il a dit : « Ce n'est pas une vie la vie que vous menez en France, vous avez de tout n'importe comment à n'importe quel moment, ce n'est pas amusant, ce n'est pas ça la vie. Moi, ma voisine elle se lève à quatre heures du matin dans l'espoir de trouver un saucisson, elle fait la queue toute la journée dans le froid avec des tickets de rationnement. Les soirs où elle rentre enfin avec le saucisson, c'est une vraie fête, une fête comme vous ne pourrez jamais en connaître, vous les Français. »

Ce matin je n'ai eu qu'à traverser l'avenue Nevskaïa pour arriver sur la place Rouge. Il ne neigeait pas. Dans la vitrine du Department Store, où en principe on peut acheter avec des roubles, j'ai vu un étalage de chapeaux de toutes les tailles et de toutes les couleurs, de minuscules chapeaux pour lilliputiens, mais ce n'étaient pas des accessoires d'enfants, c'étaient de vrais chapeaux, sur l'étiquette il y avait écrit douze roubles pièce, environ deux francs pour moi, j'ai décidé de tous les acheter pour les rapporter en France, ce n'était peut-être pas bien de découvrir le chef des nains moscovites. Mais à l'intérieur du Department Store, il n'y avait pas un seul chapeau, comme d'ailleurs il n'y avait aucun article sur les rayons. Le vide total, on aurait dit un hall d'aéroport en construction, avec au milieu un immense sapin étincelant, paré de lumières et de paquets cadeaux vides, avec cette inscription : « Les États-Unis souhaitent un joyeux Noël à leurs frères de Moscou. »

Jeudi 20 décembre. Pris un taxi pour me rendre au cimetière des Nouvelles-Vierges, tandis que Lena écume les salles des ventes et les coopératives de peintres, elle a déjà acheté trois cents tableaux en quatre jours. Après avoir visité le cimetière des Anciens, comme elle me l'avait indiqué, j'ai pris sur la droite le vieux porche en pierre pour tenter de trouver la tombe de Tchekhov. De très anciens arbres très grands, des bosquets, des allées, de petits bancs où les gens pique-niquent. Les tombes vides des cosmonautes qui continuent à tourner en rond dans les galaxies, le buste au sein nu d'une femme tuée par la Gestapo, des coupoles dorées, de hauts murs. La tombe de Tchekhov est une petite maison arrondie avec trois pointes noires qui filent vers le ciel, une porte en bronze creusée dans la pierre reste fermée, les croix sur le mausolée ne sont pas en relief mais en creux, ce sont des trous, comme si des termites avaient fait de la dentelle dans la pierre. Je n'ai réussi à établir aucun lien, aucun type d'émotion, entre ce monument et l'amour que j'ai de cet écrivain. Un homme avec une toque m'a dérangé de cette réflexion pour me proposer des montres et des médailles avec des portraits des présidents. J'ai repris le taxi qui m'attendait, je lui ai dit de me conduire à Zagorsk, il m'a expliqué que c'était loin et que ça coûterait au moins trente paquets de Marlboro avec le retour, je lui ai dit que je le paierais en dollars, il était content. Dix-sept heures. Je me suis perdu dans cette espèce de Vatican avec son église orthodoxe, j'ai entendu des chants, j'ai poussé une porte, descendu quelques marches, me suis retrouvé dans une crypte où des novices en bure blanche, le crâne tondu, chantaient en chœur, j'ai retenu mon souffle et suis reparti.

Comme à Mogador, où sur le marché on m'avait proposé de l'opium et donné un rendez-vous pour aller le chercher, à Moscou, prévenait Lena, dans la mafia des marchands d'art, on vous proposait un petit Chagall en vous demandant de le payer en devises, on vous donnait un rendez-vous dans un coupe-gorge, et on vous liquidait.

Une femme d'un certain âge est entrée dans la galerie et s'est fait annoncer par Juliette. Lena avait déjà vu cette femme, une fois à Moscou, en compagnie de son frère Vigo dont elle avait été une vague connaissance. La femme a dit qu'elle avait quelque chose à vendre, et a déballé son petit tableau, elle a dit qu'elle en voulait six mille francs, et Lena lui a dit de garder son tableau, qu'elle ne donnerait même pas mille francs pour une telle crotte. La femme s'est effondrée en larmes, elle a dit qu'elle avait tous les malheurs de la terre, qu'elle était ruinée, que son mari alcoolique la battait, que ses enfants se droguaient, qu'elle avait quatre ulcères à l'estomac, le grand jeu. Lena a ouvert son tiroir où elle cache l'argent liquide que lui réclame Juliette pour acheter ses cigarettes et sa vodka, elle a tendu deux billets de cinq cents francs à la femme, lui a dit : « Vous savez que Vigo a disparu. Je vous donne cet argent pour vous dépanner, sans rien en échange, si ce n'est que vous me racontiez quelque chose que j'ignore au sujet de Vigo. » La femme a pris peur : « Je suis honnête, moi, a-t-elle dit en boulant ses mots et en roulant sur eux-mêmes de gros yeux effrayés, je n'ai jamais fait rien de mal, et je croyais que les autres aussi étaient honnêtes, mais c'était la mafia, et ils m'ont torturée. Ils m'ont lacérée avec des rasoirs, sur les épaules, dans le dos, ils m'ont gravé une étoile de David sur le ventre, vous voulez voir ? — Oui », a répondu Lena, et elle a fermé la porte de son bureau pour qu'on ne puisse pas apercevoir de la rue la femme qui avait commencé à se déshabiller. La femme était maintenant complètement nue. « Vous voyez, ces incisions-là, sur les épaules, et ce qu'ils m'ont fait sur le ventre ? » répétait-elle comme une folle en tirant sa peau sur d'invisibles traces. « Non, je ne vois rien, a dit Lena. — Vraiment, vous ne voyez rien ? Alors c'est qu'il faut un miroir. Tout se reflète dans le miroir. Vous verrez dans le miroir. — O.K. », a dit Lena, elle a entrouvert la porte du bureau pour appeler Juliette : « Monte dans l'appartement et essaie de me descendre le miroir en pied. » Lena et Juliette ont installé le miroir devant la femme nue qui s'est mise à se contorsionner pour dévoiler dans la glace ses cicatrices. Bien sûr Lena n'a rien vu de plus dans le reflet que directement sur le corps de la femme, qui était intact, et puissant. La femme s'est rhabillée, a empoché les mille francs, et a quitté la galerie sans dire au revoir.

Dans les trois coffrets, de loupe, de malachite et d'ébène incrustée d'ivoire, comme des plantes, avec de petits cotons mouillés dans des coupelles, Lena cultive les cigares de Vigo, les humidifie, pour qu'ils ne meurent pas de sécheresse, ces gros cigares de millionnaire avec la fumée desquels il noircissait les verres des tableaux que je rachète, et que je dois nettoyer.

Lena tient plusieurs carnets : un pour les récriminations, un pour les tableaux vendus ou achetés, un pour les choses sentimentales m'a-t-elle dit en ces termes, le quatrième pour les pensées et les réflexions Yannis tient de son côté la liste scrupuleuse de tout ce qu'il a peint ou dessiné dans l'année, de tout l'argent qu'il a gagné, des livres qu'il a lus, des voyages qu'il a faits et des projets pour l'année prochaine. Ces deux personnages n'ont peut-être pas d'autres points communs. Je devais présenter Yannis à Lena pour qu'il lui achète un Aïvasovski, mais Lena a proposé un prix exorbitant, et il n'en a plus jamais été question. Ils ne se sont jamais rencontrés finalement. Yannis savait que j'étais en train d'écrire l'histoire de Vigo, le frère disparu de Lena, et il m'avait donné sa parole de n'en parler à personne, mais il ignorait qu'il était comme personnage au premier plan de mon récit, en reléguant Vigo derrière Lena.

Quand je suis rentré à Paris, Yannis était parti pour l'Afrique, à Abidjan où il devait récupérer son quatre-quatre en provenance de Marseille avec toutes ses toiles vierges. Sam l'accompagnait, son frère devait le rejoindre, et il était convenu que nous le retrouverions avec Gertrud et son marchand allemand le 16 janvier à Ouagadougou, si la guerre n'avait pas éclaté. Yannis avait ma valise en zinc dans laquelle il gardait ses carnets de dessins, trop vite remplis, je savais qu'il se baignait avec mon maillot de bain rouge à impressions noires, et moi j'étais rentré de Moscou avec son manteau de fourrure chaplinesque. Yannis était devenu injoignable. Au téléphone un disque répétait : « En raison des événements récents, la direction que vous avez demandée est totalement interrompue. » La guerre avait éclaté. Le marchand allemand s'était désisté. Gertrud repoussait notre départ de semaine en semaine, d'abord pour le 23 janvier, puis pour le 30. Des émeutes avaient fait plusieurs dizaines de morts à Bamako entre les étudiants et les forces de l'ordre, et une insurrection couvait à la frontière du désert entre les Touaregs et le nouveau gouvernement fasciste du Burkina Faso. À Paris les spécialistes du sida étaient divisés sur l'opportunité de faire ou non le vaccin contre la fièvre jaune, obligatoire pour entrer en Afrique : le docteur Chandi disait que j'attraperais aussitôt la fièvre jaune si on me l'inoculait par le vaccin, et le professeur Stifer disait qu'il y avait certes un risque à prendre avec cette vaccination, mais que la quantité de virus vivant qu'on m'injecterait était très faible par rapport à celle que je pourrais attraper là-bas avec une seule piqûre de moustique. Yannis m'avait acheté une moustiquaire spéciale pour m'en protéger, et un matelas suffisamment épais pour que je puisse m'en relever sans son aide, il dormirait par terre avec Gertrud dans la casemate, ou sur la terrasse. Il m'avait conseillé les vêtements de coton léger, les socquettes blanches, le bob, les chemises à manches longues pour me prémunir des moustiques pendant la journée. Mais la phobie mortelle du moustique pointerait à chaque instant, le docteur Chandi était formel : une piqûre pouvait m'achever en quelques jours, sinon en quelques heures. On racontait que les souffrances provoquées par la fièvre jaune, le *vomito negro*, le vomissement nègre, étaient atroces. La Nivaquine ne parvenait plus à éviter la malaria : les moustiques porteurs, en piquant les hommes, avaient fini par s'immuniser et sécrétaient une variante du parasite qui résistait au médicament.

J'étais dans le bureau de Lena, en train de bavarder avec elle en fumant une cigarette, quand Juliette est entrée pour dire que deux flics de la brigade de répression du vol des œuvres d'art voulaient la voir. « Qu'ils viennent donc ! » a dit Lena, royale, et elle a caché derrière une miniature son gobelet d'argent à demi plein de vodka. J'hésitais à rester ou à partir, et je voyais que de son côté elle hésitait à me congédier ou à me demander d'être le témoin de cette épreuve, pour la protéger. J'allais me lever du siège quand elle prit sa décision : « Non, restez, je vous en prie, vous verrez, vous ne regretterez pas, ça sera forcément intéressant », me chuchota-t-elle tandis qu'on entendait le lourd pas des flics marteler le parquet. Les deux flics sont entrés dans le bureau, se sont présentés brutalement, et ont jeté sous le nez de Lena la photocopie d'un portrait d'homme. « Vous avez déjà vu ce tableau ? » ont demandé les flics. Je remarquai dans le regard de Lena, dont je commençai à pouvoir déchiffrer les variations, une très brève hésitation. « Bien sûr que je l'ai déjà vu, s'est-elle exclamée, puisque c'est moi qui l'ai vendu, je le reconnais même très bien, c'est un portrait de Zharkhov, nous en avions deux du même peintre, là tout de suite je n'arrive pas à savoir lequel c'est, mais je pourrai chercher et vous le dire. — Ce tableau est passé en vente chez Sotheby's en 1988, n'est-ce pas ? — Oui, eh bien ? — Eh bien, c'est un tableau volé, voilà le récépissé de la plainte. — Ah ! c'est intéressant », a dit Lena. Et un des flics : « Espérons que pour vous cette affaire restera seulement intéressante. Vous avez des papiers d'identité ? — Bien sûr », a dit fébrilement Lena en fouillant dans la poche du vison noir. « Vous êtes de nationalité américaine ? a demandé le flic en recopiant le numéro du passeport. Est-ce que vous pouvez vous présenter dès lundi matin à notre bureau avec toutes les pièces que vous pourrez retrouver concernant ce tableau ? Dix heures ça vous va ? Voici l'ordre de convocation. » Je m'étais demandé au début si ces flics étaient de vrais flics, maintenant il n'y avait plus aucun doute. « Votre frère a disparu, n'est-ce pas, à peu près au moment de la vente ? ont-ils ajouté en remballant leurs papiers. — Non, un an plus tard, en 89. » Quand nous nous retrouvâmes seuls, Lena, Juliette et moi, je vis qu'elle était prête à exploser, et au bord des larmes, déterminée à fouiller de fond en comble toutes les étagères de la bibliothèque pour retrouver le papier, glissé par hasard dans un album de dessins, qui la disculperait. Elle avait repris derrière la miniature le gobelet d'argent, l'avait vidé d'un trait, et houspillait Juliette : « Ne reste pas comme ça à me regarder sans rien faire avec tes yeux de loche, bouge, cherche, souviens-toi. Ce tableau te dit quelque chose ? — Je ne me souviens plus bien, dit Juliette. J'ai un souvenir d'été, de chaleur, dans une voiture, c'était moi qui conduisais, Vigo était à l'arrière, on lui avait parlé d'un tableau, c'était chez un marchand du côté des quais, mais je ne me souviens plus si c'était ce tableau-là ou l'autre, son double. » Je m'esquivai sur ces mots, pour ne pas voir Lena pleurer.

Je la vis pourtant pleurer quelques semaines plus tard. Elle m'avait dit la veille : « Je ne devrais pas vous le dire, mais j'y suis contrainte. Je compte sur votre discrétion. Je suis acculée, le banquier me harcèle. Est-ce qu'il faut tout liquider et mettre la clef sous la porte ? J'ai dit à ma belle-sœur que nous devrions envisager un suicide collectif, avec les enfants. — C'est horrible, lui dis-je, il n'y a rien de plus affreux que ces parents qui tuent leurs enfants pendant leur sommeil, et qui se tirent ensuite une balle dans la tête. — Ce n'est pas la même chose, ils seraient consentants, me dit Lena. — Mais les enfants de Vigo n'ont absolument pas envie de mourir, vous êtes folle, Lena, l'autre jour j'ai encore vu dans la rue près d'ici le fils aîné de Vigo avec deux copains, il pète la vie ! — J'avais pensé, continuait Lena, partir aux États-Unis, à Los Angeles et à New York, pour vendre sur photos à des collectionneurs, mais je n'ai même plus de quoi payer le billet, la banque a saisi mes cartes de crédit, c'est une honte. Alors je vous dis : Prenez tout ce que vous voulez comme tableaux, c'est le moment. — Comme ça ils resteront un peu dans la famille, c'est ça ? » lui dis-je. Elle me répondit oui en riant. Je décidai de revenir plus tard, mais j'étais trop fatigué, je reportai ça au lendemain. Quand j'entrai dans le bureau de Lena, Juliette était absente, partie voir sa mère pour la journée, et Lena avait visiblement bu des quantités astronomiques de vodka avec un homme que j'avais d'abord pris pour un flic, à cause duquel elle me demanda de repasser une heure plus tard, et qui était, elle me l'apprit après qu'il fut chassé par moi, un Arménien avec lequel elle préparait une exposition d'art russe à Los Angeles. Depuis la Perestroïka, et la facilité nouvelle des voyages à l'intérieur du pays, on assistait à une recrudescence des ventes d'art russe : des marchands, et même de jeunes étudiants — c'étaient par un de ces types que j'avais obtenu à bas prix les Trokhimenko —, écumaient les ateliers d'artistes des régions qui n'avaient pas encore été pillées par le frère de Lena, puis, dix ans plus tard, par les Anglais, à Moscou et à Leningrad, les deux points de chute évidents. Car c'était à une véritable chasse, comme la chasse électronique à la baleine, qu'avait procédé Vigo, entassant les tableaux dans ses caves comme des charognes de cerfs. Lena était furieuse de ces ventes d'art russe qui, disait-elle, cassaient le marché. Elle ne se déplaçait pas, mais passait son temps à compulser fébrilement les catalogues, à cocher ce qui l'intéressait et à encercler ce qui lui semblait faux, à passer au téléphone des ordres d'achat qu'elle n'honorait jamais, puisqu'elle n'avait pas de quoi payer. Comme une marchande de fruits, elle disait qu'elle avait le premier choix, et que ces ventes innombrables étaient dangereuses parce qu'elles créaient des confusions chez les acheteurs, qui eux ne faisaient pas la différence entre le premier et le deuxième ou troisième choix, et ne comprenaient pas, à l'instar de moi finalement, pourquoi ils devaient payer chez elle 50 000 F un tableau dont ils pouvaient acquérir l'équivalent 4 000 F dans une vente. « J'ai trop bu de vodka », me dit immédiatement Lena ce jour-là, et elle ressortit la bouteille de dessous son bureau pour se resservir une rasade. « N'en prenez pas, me dit-elle, vous allez encore m'accuser de vouloir vous tuer. » Je lui dis : « J'étais venu faire des affaires, mais ce n'est apparemment pas le moment, on peut remettre ça à une autre fois, vous êtes d'accord ? — Pas du tout, répondit-elle, je ne suis pas encore dans un état tel qu'il m'empêcherait de faire des affaires avec vous, si l'on peut parler d'affaires, parce que je vous laisse prendre tout ce que vous voulez au prix que vous voulez, je ne discuterai pas, vous choisissez et c'est à vous. » Je dis : « Il y a trois tableaux que j'aimerais bien revoir : L'homme au tapis rouge... — Je ne vois pas de quoi vous voulez parler, dit-elle, je suis peut-être trop soûle... — L'enfant couché, continuai-je, et l'étude de Lavrenko avec la valise... — Ces deux-là, oui, je peux vous les chercher... — Ne descendez pas toute seule dans la cave, vous allez vous écrouler... — Vous me prenez pour quoi ? Je suis forte quand même, il me reste de la force à moi dans les bras et dans les mains ! — Vous ne voulez pas que, comme ces hommes bien éduqués, je descende le premier dans l'escalier pour vous retenir si vous tombez ? Mais je n'ai pas la force physique de vous retenir. Si vous tombez sur moi, je tombe sous vous, et ce soir Juliette nous retrouve tous les deux brisés au bas de l'escalier, à moitié conscients et gémissants. » Lena avait commencé à descendre l'escalier, et s'était arrêtée au milieu, tordue par un fou rire. Quand elle remonta les deux tableaux, un au bout de chaque bras, en vacillant, elle s'immobilisa encore au milieu de l'escalier, cette fois parce qu'elle n'avait plus la force d'achever de monter les tableaux sans s'effondrer en arrière. Je les lui pris d'entre les mains, et allai les poser par terre, dans son bureau. En les revoyant, je ne compris pas tout de suite que je ne les aimais plus. Lena s'était rassise, avait repris une cigarette et son gobelet d'argent. J'étais paralysé. Nous nous connaissions trop bien pour rejouer ces rôles de la marchande et du collectionneur. À la limite nous pourrions nous associer, former ensemble un couple de malfaiteurs vendeurs de tableaux, je le lui dis, elle répondit : « Topons là. » Je me méfiai. Je lui dis : « C'est devenu complètement artificiel de discuter un prix entre nous... » Elle dit : « Ne discutons pas, vous faites votre prix, je ferme les yeux, vous emportez les tableaux, pour combien diriez-vous ? — Je n'aimerais pas avoir l'air, non ce n'est même pas une question d'avoir l'air, je me fiche d'avoir l'air ou pas, je ne voudrais pas carrément profiter de la situation, de votre aveu, de votre abandon, de l'absence de Juliette, de votre ivresse, vous ne voulez pas que je repasse demain ? — Non, non, dit-elle, réglons ça tout de suite, combien ? » Je me demandai si elle ne me tendait pas un piège. Elle avait fixé au départ, des mois plus tôt, le prix de l'enfant couché au-dessous de 50 000 et l'étude de Lavrenko à 30 000, puis, encore plus tard elle m'avait proposé un *package* à 60 000, que j'avais refusé. Je pensai à part moi : « Profiter de la situation, ce serait rafler les deux pour 30 000, bien que ce ne soit pas rien. » Je lui dis : « Un prix qui me semblerait un bon prix, à la fois pour moi et pour vous, serait 40 000. » Lena s'effondra en larmes. Étais-je un salaud ? Je m'excusai aussitôt pour ma grossièreté, et retournai les deux tableaux contre le mur, comme en berne. Je les voyais pour la dernière fois. Ils n'avaient pas d'âme.

J'étais repassé voir Lena à notre retour de Moscou. C'était étrange : nous n'avions pas de relations plus familières depuis que nous avions fait ce voyage ensemble, comme s'il n'avait pas eu lieu. Elle était redevenue la marchande de tableaux, j'étais redevenu le collectionneur. Juliette me fit attendre et me proposa de m'asseoir, nous tâchâmes de faire la conversation, elle me demanda si je venais à pied depuis cette adresse, qui n'était pas la mienne, inscrite sur les chèques avec lesquels je payais les tableaux. Je lui demandai à mon tour où elle habitait, et je vis que ma question la paniquait, elle n'osait pas me répondre : « Avec Lena » et elle me dit en rougissant : « Ici ou là. Pas de domicile fixe, parfois là-haut. » Quand je portais mes regards, en arrivant dans la rue, sur les fenêtres grises qui bordaient l'angle du premier étage au-dessus de la boutique, j'imaginais un appartement sombre, vieillot, vidé de ses affaires, sans tableaux, sans objets, prêt à être repris par un hypothétique locataire. Lena ne pourrait pas tenir longtemps avec les loyers de la boutique et de l'appartement, les réclamations des banques, les salaires de Juliette et de Josef, les études de ses trois neveux et nièces, les honoraires des détectives et des voyantes pour la recherche de son frère. Quand j'entrai dans son bureau, elle n'avait pas ses lunettes que Juliette était en train de nettoyer avec son haleine et une peau de chamois, Lena me dit qu'elle ne voyait qu'une silhouette noire surmontée d'une tache rouge, elle n'était même pas sûre que c'était bien moi. Je lui dis que j'aimerais un jour descendre dans les réserves. Elle me dit : « Mais je vous y emmène quand vous voulez, maintenant si vous en avez envie, une fois que Juliette m'aura rendu mes lunettes. » Nous descendîmes ensemble dans la cave. Elle m'expliqua la répartition des classements : là le XIXe, là les dessins, là les années 50, là les faux, là les choses contemporaines. Je sentis tout de suite quelque chose de bizarre en entrant dans cette cave. Je sentis la présence de Vigo. Il m'avait empêché d'y descendre avec lui quand je le lui avais demandé, en 1988. Je dis à Lena : « Vigo est là, n'est-ce pas ? » Elle répondit : « C'est ce qu'il aurait préféré, rester parmi ses tableaux. » J'ajoutai : « Vous dites parmi, mais voulez-vous dire *entre* ses tableaux ou *sous* ses tableaux, il est enterré ici, n'est-ce pas ? » Elle ne me répondit pas, elle poursuivit ses explications sur les rangements. Je lui dis : « Pourquoi l'avez-vous tué ? » Elle répondit seulement : « Personne ne saura jamais rien. Celui qui essaierait de savoir, vous, par exemple, si vous le souhaitez, est déjà mort en puissance. » Puis elle me dit qu'elle avait froid et m'invita à remonter avec elle dans la boutique, d'où je partis presque aussitôt.

J'hésitai pendant des semaines à revoir Lena, je n'étais pas vraiment sûr que c'était elle qui avait tué ou fait tuer son frère. Aucun mobile n'était envisageable que le vol de sa collection, ou alors un motif personnel obscur, ce serait ce motif-là qu'il me faudrait découvrir. Quand je revis Lena, enfin, je ne lui parlai point de Vigo. Comme un collectionneur je demandai à voir le portrait de l'écolier dont avait un jour parlé un client, le père en manteau noir avec son petit garçon. Lena appela Juliette et la fit descendre dans les réserves pour me montrer le tableau en question :

« Le portrait de Vigo, lui dit Lena. Il doit être au fond sur la gauche. » Ce tableau était extraordinaire. Il représentait un écolier, en effet, une blouse grise à col rond, simplement cadré devant un tableau noir où il était inscrit à la craie que 7 = 2 et 5 = 1, fixant le peintre au travail, un sourire malicieux sur les lèvres. « Dès que Vigo a déniché ce tableau, il a décrété que c'était son portrait. C'est vrai qu'il lui ressemble. Vigo était un peu comme ça quand il était petit : à la fois transparent et très sombre, pur et méchant. » Je demandai à Lena : « Et ce qui est à droite du tableau, là, c'est quoi ? — Un boulier pour compter, répondit-elle, nous en avions aussi quand nous étions enfants. Vigo était mon grand frère. Il me terrorisait. Nous étions à Jérusalem, il me jetait des lézards au visage. Un jour il s'était enfermé avec un boulier comme ça dans le placard de ma chambre, et s'était mis à faire ce bruit horrible au milieu de la nuit. C'est à ce moment-là que j'ai commencé à le haïr. Mais je vous ai déjà dit que ce tableau n'est pas à vendre. »

Bien arrivé à Ouagadougou. L'officier de santé m'a laissé passer à la douane avec le certificat de contre-indication de vaccination pour la fièvre jaune établi par le docteur Chandi. Il a fouillé mon bagage et, devant la tonne de médicaments, m'a demandé ce que j'avais comme maladie. J'ai répondu : « Leucémie », il m'a souri. Yannis n'était pas à l'aéroport comme promis. Nous l'avons attendu en vain avec Gertrud puis, épuisés, nous avons pris deux chambres à l'hôtel Europa en face de l'aéroport. Les moustiques pullulent, gros comme des frelons.

Dans l'avion pour Ouagadougou, Gertrud m'avoua qu'elle avait été frappée par mon arrivée, au petit matin, à Corfou, parce que j'étais le sosie de son premier amour, que j'avais ses mains, sa bouche, exactement ses oreilles et quand elle fixa mes oreilles en disant cela j'eus l'impression qu'elle était en train de les mastiquer.

Ici se trouvaient cinquante pages de mon manuscrit qui ont été perdues. C'était le récit de mon voyage en Afrique. Quand Yannis et Gertrud m'ont raccompagné à Ouagadougou, bien fiévreux, couvert de cloques de moustiques, sans doute déjà atteint et de la malaria et de la fièvre jaune et du béribéri, j'ai eu un curieux pressentiment en regardant partir mon bagage sur le tapis roulant de l'enregistrement. Il était déjà en route quand je l'ai rattrapé pour le rouvrir, j'ai eu la présence d'esprit de récupérer le cahier noir sur lequel je tiens mon journal depuis quinze ans, mais j'ai laissé le manuscrit au fond du sac. J'ai compris à Roissy que je ne remettrais jamais la main dessus. J'ai failli m'évanouir. J'ai fait une déclaration de perte à un employé goguenard que j'aurais giflé. Ces cinquante pages égarées, qui sont maintenant Dieu sait où, j'ai beau les connaître par cœur, je suis incapable de les refaire, parce qu'une fois que les choses sont écrites elles sont pour moi comme effacées. Réécrirai-je une autre fois, d'une autre manière, dans un autre livre, ce voyage en Afrique qui a été épique ? Je ne sais pas. De nouveau je pourrais appeler ce livre, comme tous les autres livres que j'ai déjà faits, *L'Inachèvement.*

DU MÊME AUTEUR

Aux Éditions Gallimard

DES AVEUGLES, Folio n° 1725

MES PARENTS, Folio n° 2582

VOUS M'AVEZ FAIT FORMER DES FANTÔMES

MAUVE LE VIERGE

L'INCOGNITO

À L'AMI QUI NE M'A PAS SAUVÉ LA VIE, Folio n° 2366

LE PROTOCOLE COMPASSIONNEL, Folio n° 2481

L'HOMME AU CHAPEAU ROUGE

LE PARADIS

PHOTOGRAPHIES

VOLE MON DRAGON

LA PIQÛRE D'AMOUR et autres textes suivi de LA CHAIR FRAÎCHE

Aux Éditions de Minuit

L'IMAGE FANTÔME

LES AVENTURES SINGULIÈRES

LES CHIENS

VOYAGE AVEC DEUX ENFANTS

LES LUBIES D'ARTHUR

LE SEUL VISAGE

LES GANGSTERS

FOU DE VINCENT

Aux Éditions du Seuil

MON VALET ET MOI

CYTOMEGALOVIRUS

Aux Éditions Jacques Bertoin

VICE

Aux Éditions Régine Desforges

LA MORT PROPAGANDE

COLLECTION FOLIO

Dernières parutions

2475.	Gilbert Sinoué	*L'Égyptienne.*
2476.	John Updike	*Rabbit est riche.*
2477.	Émile Zola	*Le Docteur Pascal.*
2478.	Boileau-Narcejac	*...Et mon tout est un homme.*
2479.	Nina Bouraoui	*La voyeuse interdite.*
2480.	William Faulkner	*Requiem pour une nonne.*
2482.	Peter Handke	*L'absence.*
2483.	Hervé Jaouen	*Connemara Queen.*
2484.	Ed McBain	*Le sonneur.*
2485.	Susan Minot	*Mouflets.*
2486.	Guy Rachet	*Le signe du taureau (La vie de César Borgia).*
2487.	Isaac Bashevis Singer	*Le petit monde de la rue Krochmalna.*
2488.	Rudyard Kipling	*Kim.*
2489.	Michel Déon	*Les trompeuses espérances.*
2490.	David Goodis	*Le casse.*
2491.	Sébastien Japrisot	*Un long dimanche de fiançailles.*
2492.	Yukio Mishima	*Le soleil et l'acier.*
2493.	Vladimir Nabokov	*La Vénitienne* et autres nouvelles.
2494.	François Salvaing	*Une vie de rechange.*
2495.	Josyane Savigneau	*Marguerite Yourcenar (L'invention d'une vie).*

2496.	Jacques Sternberg	*Histoires à dormir sans vous.*
2497.	Marguerite Yourcenar	*Mishima ou la vision du vide.*
2498.	Villiers de L'Isle-Adam	*L'Ève future.*
2499.	D. H. Lawrence	*L'Amant de Lady Chatterley.*
2500.	Collectif	*Mémoires d'Europe I.*
2501.	Collectif	*Mémoires d'Europe II.*
2502.	Collectif	*Mémoires d'Europe III.*
2503.	Didier Daeninckx	*Le géant inachevé.*
2504.	Éric Ollivier	*L'escalier des heures glissantes.*
2505.	Julian Barnes	*Avant moi.*
2506.	Daniel Boulanger	*La confession d'Omer.*
2507.	Nicolas Bréhal	*Sonate au clair de lune.*
2508.	Noëlle Châtelet	*La courte échelle.*
2509.	Marguerite Duras	*L'Amant de la Chine du Nord.*
2510.	Sylvie Germain	*L'Enfant Méduse.*
2511.	Yasushi Inoué	*Shirobamba.*
2512.	Rezvani	*La nuit transfigurée.*
2513.	Boris Schreiber	*Le tournesol déchiré.*
2514.	Anne Wiazemsky	*Marimé.*
2515.	Francisco González Ledesma	*Soldados.*
2516.	Guy de Maupassant	*Notre cœur.*
2518.	Driss Chraïbi	*L'inspecteur Ali.*
2519.	Pietro Citati	*Histoire qui fut heureuse, puis douloureuse et funeste.*
2520.	Paule Constant	*Le Grand Ghâpal.*
2521.	Pierre Magnan	*Les secrets de Laviolette.*
2522.	Pierre Michon	*Rimbaud le fils.*
2523.	Michel Mohrt	*Un soir, à Londres.*
2524.	Francis Ryck	*Le silencieux.*
2525.	William Styron	*Face aux ténèbres.*
2526.	René Swennen	*Le roman du linceul.*
2528.	Jerome Charyn	*Un bon flic.*
2529.	Jean-Marie Laclavetine	*En douceur.*
2530.	Didier Daeninckx	*Lumière noire.*
2531.	Pierre Moinot	*La descente du fleuve.*

2532. Vladimir Nabokov *La transparence des choses.*
2533. Pascal Quignard *Tous les matins du monde.*
2534. Alberto Savinio *Toute la vie.*
2535. Sempé *Luxe, calme & volupté.*
2537. Abraham B. Yehoshua *L'année des cinq saisons.*
2538. Marcel Proust *Les Plaisirs et les Jours* suivi de *L'Indifférent* et autres textes.
2539. Frédéric Vitoux *Cartes postales.*
2540. Tacite *Annales.*
2541. François Mauriac *Zabé.*
2542. Thomas Bernhard *Un enfant.*
2543. Lawrence Block *Huit millions de façons de mourir.*
2544. Jean Delay *Avant Mémoire (tome II).*
2545. Annie Ernaux *Passion simple.*
2546. Paul Fournel *Les petites filles respirent le même air que nous.*
2547. Georges Perec *53 jours.*
2548. Jean Renoir *Les cahiers du capitaine Georges.*
2549. Michel Schneider *Glenn Gould piano solo.*
2550. Michel Tournier *Le Tabor et le Sinaï.*
2551. M. E. Saltykov-Chtchédrine *Histoire d'une ville.*
2552. Eugène Nicole *Les larmes de pierre.*
2553. Saint-Simon *Mémoires II.*
2554. Christian Bobin *La part manquante.*
2555. Boileau-Narcejac *Les nocturnes.*
2556. Alain Bosquet *Le métier d'otage.*
2557. Jeanne Bourin *Les compagnons d'éternité.*
2558. Didier Daeninckx *Zapping.*
2559. Gérard Delteil *Le miroir de l'Inca.*
2560. Joseph Kessel *La vallée des rubis.*
2561. Catherine Lépront *Une rumeur.*
2562. Arto Paasilinna *Le meunier hurlant.*
2563. Gilbert Sinoué *La pourpre et l'olivier.*

2598.	Isaac Bashevis Singer	*Gimpel le naïf.*
2599.	Andersen	*Contes.*
2600.	Jacques Almira	*Le Bar de la Mer.*
2602.	Dominique Bona	*Malika.*
2603.	John Dunning	*Les mécanos de la mort.*
2604.	Oriana Fallaci	*Inchallah.*
2605.	Sue Hubbell	*Une année à la campagne.*
2606.	Sébastien Japrisot	*Le passager de la pluie.*
2607.	Jack Kerouac	*Docteur Sax.*
2608.	Ruth Rendell/Helen Simpson	*Heures fatales.*
2609.	Tristan L'Hermite	*Le Page disgracié.*
2610.	Alexandre Dumas	*Les Trois Mousquetaires.*
2611.	John Updike	*La concubine de saint Augustin* et autres nouvelles.
2612.	John Updike	*Bech est de retour.*
2613.	John Updike	*Un mois de dimanches.*
2614.	Emmanuèle Bernheim	*Le cran d'arrêt.*
2615.	Tonino Benacquista	*La commedia des ratés.*
2616.	Tonino Benacquista	*Trois carrés rouges sur fond noir.*
2617.	Rachid Boudjedra	*FIS de la haine.*
2618.	Jean d'Ormesson	*La gloire de l'Empire.*
2619.	Léon Tolstoï	*Résurrection.*

Composition Bussière
et impression S.E.P.C.
à Saint-Amand (Cher), le 13 octobre 1994.
Dépôt légal : octobre 1994.
Numéro d'imprimeur : 1994/1778.
ISBN 2-07-038956-1./Imprimé en France.